リスボン日和

十歳の娘と十歳だった
私が歩くやさしいまち

イム・キョンソン
熊木勉訳

日之出出版

contents

Prologue　リスボンへと帰る前に

今の娘の年、つまりちょうど十歳のとき、私はリスボンで一年間暮らした。思い返してみると、リスボンで過ごしたあの一年ほどに、平穏かつ幸福だったことが私の人生であっただろうか。

ほかの都市では決して感じることのできないリスボンだけの暖かな日差しと澄んだ空があり、両親と私、この家族三人だけで過ごすことで、その愛情と関心を独り占めできる喜びもあった。リスボンでの両親は私が見た二人の姿の中で、もっとも楽しく、温和で、美しい表情をしていた。その姿に、私はおのずと安心し、幸せを感じていたようだ。

昨年の晩夏、父を亡き母のもとへと送り、私は喪失の哀しみと死後の現実的な数々の問題から心が次第に疲れていった。時には人間に対する絶望と幻滅の感情が私を圧倒した。そのころであった。私のそばにいる娘を見ながら、ああ私は今のこの子の年齢のときにはあそこにいたのだ、それに気づいて微笑むことができるようになったのは。そうやって記憶の奥にしまいこんでいたリスボンの存在が、私の中でだんだんと大きくなっていった。ふと、そのころの私が見て、触れて、感じた数々の経験を、娘にそのままに伝えてあげたいと思った。ふたたび行くことができようとはこれまで考えもしなかったリスボンが、時間が経つにつれて磁石のように私を引きつけた。しかし、目をぎゅっと閉じて首を横に振った。何と言うか、リスボンは、当時一緒に住んでいた子として、父母についてもっとも濃縮された記憶が残されている場所であった。リスボンに行くと、感情が完全に崩れてしまいそうで怖かった。それでも心が落ち着くと、彼らがもっとも生き生きとしていた空間で、彼らを思い出したい気持ちが湧いてきた。そこで明るく笑っていた、四十歳になったばかりのまばゆいばかりに若いころの彼らを永遠に刻印したかった。人生の終わりの日々の、苦痛に満ちた、わびしい姿を心の中に記憶することは、私にはあまりに辛いことだった。

リスボンに行くことを心に決めると、嘘のように私は平穏な気持ちになり、その平穏さはすぐに思いもよらなかったときめきの感情に変わり、私の中で膨らみあがった。決心した。娘を連れてリスボンに行こうと。誰にも邪魔されることなく、思いきり休み、思いきり寝ようと。気の向くままに歩き回り、気に入ったところが見つかれば、そこで惜しみなく時間を送ろうと。時には過去の場所が気にもなるだろうが、あまりに感傷的になりそうだったら無理しないでおこうと。それでも感じるがままをすべてそのままに受け入れようと。娘に私の姿が重なって見えるたびに、その記憶の中の子を胸の中で抱きしめてあげようと。そうやって、これからの日々を生きていける力をもらいに行くのだと。

リスボン日和

—十歳の娘と十歳だった私が歩くやさしいまち—

Day1　到着

Wednesday, January 2nd

韓国からリスボンに行く飛行機の直行便はまだない。エールフランス航空を利用、パリのシャルル・ド・ゴール国際空港を経由してリスボンに向かう。客室乗務員が手渡してくれた紙のメニューに書かれた言葉がとても印象的である。

「ご希望のメニューが売り切れていたとしても、あまり残念に思わないでください。人気があるって、罪なことじゃないでしょう?」

その、いかにもフランスらしいところに、ふっと笑みがこぼれる。


朝早くに出発した飛行機なので眠れない。娘のユンソがずっとヘッドホンをつけて映画を観ている傍らで、私は「到着までの残り時間」の画面をじっと見つめて時間を送る。停止画面のように見えても飛行機はずっとかすかに動いており、残りの飛行時間は少しずつ減っていた。具体的に「私が」やることは何もないが、じつは国から国へと移動する大変なことをやっているのである。普段、何もせずに時間をやり過ごすことを嫌う私は、こうした機会に罪の意識を持つこともなく、何もしないという経験を満喫する。

機長が間もなくリスボンのウンベルト・デルガード国際空港に着陸するとアナウンスしたのが、現地時間で午後五時二十分ごろ。機体が少しずつ下降して、リスボン市街地とテージョTejo川がかすかに見え始める。七つの丘から成り立つ地形なので、リスボンは遠くから見るとまるで飛び出す絵本を広げたかのようである。赤褐色の屋根の白い家々は、小さなおもちゃの模型のように見える。突然、空が夕焼けに染まり始める。テージョ川の川面が空の薄いピンク色に染まる。何分も経たずして、薄いピンクはさらに濃くなり、次第に朱紅色へと変わっていく。その色がすべての座席の窓の隙間から差し込み、無彩色の無機質な機内を幻想的な雰囲気へと変貌させる。機体がわずかに傾くたびに朱紅色はすぐ目の前できらきらと万華鏡のように美しい光の饗宴を演出する。最後には夕日の色は極みに達して深紅色となり、どこからか紫色と灰色が重なるように差し込んでくる。リスボン空港の滑走路に完全に着陸するころには、最初に夕日に染まり始めたときとは逆に、薄いピンク色が空の上のほうへと上がっている。時計の針は五時四十分。これからリスボンで一日一日を送りながら、夕映えの空を見つめるのだろうという予感がする。

*

大きなトランクを二つ引いて空港の外に出ると、すでに日は暮れていた。長い歳月を経てリスボンに帰ってきた感動もつかの間、周囲の暗さから何やら違和感が先立ち、どうにも落ち着かない。イベリア半島の冬はたいてい雨季であると聞くが、天気予報を見ても、ここで過ごす間の天気ははっきりしない。雨が降ってもいいし、降らなくてもいい。翌朝の天気がどうであるかも、夜なのでまったく予測がつかない。とにかく三十二時間を圧縮した一日を送ったあとだけに疲れている。それでもホテルへと向かうタクシーの中でラジオから耳慣れた八十年代のポップソングが流れてくると、硬くなりかけていた気分が少しずつほぐれていく。何の役にも立たない歌の歌詞をいまだに覚えていることに気づき、そのことがしばし心の慰めとなる。リスボン市内に入ると、まだあちこちにクリスマス・イルミネーションがきれいに飾られていて、ここに帰ってきたことが現実であるよりも夢に近いように感じられる。私は本当にリスボンに帰ってきたのだろうか。

ぼんやりと窓の外の風景を見つめていると、タクシーはいつの間にかテージョ川近くのバイシャ Baixa 地区に入る。「バイシャ」とはポルトガル語で「下方」「低い」という意味で、言ってみれば「低地」を意味するが、坂だらけのリスボンでバイシャ地区はほぼ唯一の平地である。金融系の建物が密集した金通り Rua do Ouro を通り過ぎると、次のブロックで「Rua da Prata」という表示が見える。「銀通り」という意味である。銀色のイルミネーションが建物の間で蜘蛛の巣のように絡まってきらきらと輝く中、私は百メートルほど離れたところからでもその緑色がすぐに分かった。これから五泊を泊まることになるホテル・ダ・バイシャ Hotel da Baixa である。じつのところ、ここは三回も予約とキャンセルを繰り返し、最後に予約を確定したところである。昨今のホテル予約サイトはさきに決済をする必要もなく、無料キャンセルもできるので、移り気になってしまう。人生の大部分のものは、無料キャンセルどころか、一度選択してしまうとそっくりそのまま代価を支払わなければならないのが普通ではないか。宿泊客らのあからさまなレビューをやたらと見てしまったのもよくなかった。情報の洪水が必ずしもよいものとは限らないということは、私が予約したあとにキャンセルをした、次の一連の宿泊リストからも見てとれる。

＊ Pousada de Lisboa
ポルトガルの由緒ある建物を改築したホテル。ただ、その分だけ値段が高めで、その割には部屋が小さいという評価が多かったのでキャンセル。

＊ Feels Like Home Bica Prime Suites
旅行に来てわざわざ「わが家のような」ところに泊まることもないかと。

＊ PortoBay Liberdade
宣伝写真の男女の宿泊客の雰囲気がどうもいま一つ。

＊ Lisbon Poets Hostel

作家キム・ヨンス氏の紀行文で「天国」という表現を見て好奇心から予約したが、それは彼が「天使」のような品性を持った人だからそうなのだろうと思った。

＊Casa Oliver Boutique B&B-Príncipe Real
合理的に思われる批判を書いた宿泊客に、ホテル側のマネジャーが強い言葉で反駁《はんばく》しているのを見て遠慮しておくことにした。

＊Olissippo Castelo
広い部屋で安い価格となると立地が気になる。

＊Vincci Liberdade
実用的でよさそうだったが、実用的である必要もないかと思った。

＊Vincci Baixa
立地はいいが、コストパフォーマンスだけを意識するのもどうかと。

＊Hotel RiverSide Alfama
アルファマ Alfama 地区であるのはよかったが、テージョ川がそこまで近くなくてもよ

い。

＊H10 Duque de Loulé
はじめはポルトガル固有のブルー&ホワイトタイルの装飾インテリアが気に入ったが、あとになってその色が寒そうに見えた。

＊Dear Lisbon-Charming House
「チャーミング」という名前がいささか気恥ずかしくなった。

＊Dear Lisbon Palace Chiado-Suites
共用スペースが食堂だけらしく、息苦しそうに思えた。

＊Le Consulat
「領事館」という意味であるが、夜になるとロビーがDJブースのようになり、ヒップスターたちの聖地になるという話があって驚いた。

＊Turim Saldanha Hotel
和食の店がありパンよりもごはんを好む娘にいいのではないかと思ったが、考えてみ

るとなんで私がここまで来て和食を食べなければならないのか。

＊Travellers House Hostel
ラウンジのビーンバッグチェアにくつろいでいる若者たちの写真を見て私がもう二十代でないことを突然に悟った。

＊York House Hotel Lisboa
二回キャンセル。もともと修道院の建物でロック歌手のミック・ジャガーが泊まった宿ということで予約したが、現在、隣の建物が工事中で、騒音が発生すると分かったため。

＊Corpo Santo Lisbon Historical Hotel
三回キャンセル。ホテル評価サイトでリスボンでは不動の推薦ランク第一位のホテルであったが、一度は白の枕とクッションカバーにホテルの名前が茶色の糸で刺繍《ししゅう》されているのが気に入らなかったから。もう一度は、電子メールで質問を送ったのに返事が遅く、答えが的外れであったから。最後の理由は、このホテルご自慢のもっとも大きな長所である無料徒歩ツアーガイドたちが、朝食時にテーブルを回りながら申請を受け付けるとあったから。ご飯を食べるときはそっとしておいてほしい。

このホテル・ダ・バイシャも同様に三回もキャンセルした宿である。部屋の広さがバスルームの広さとあまり変わらないのではないかとまず一回、ツインベッドの幅が九十センチでひどく狭い上に二つのベッドがぴったりとくっついているのを見てもう一回、いささかしゃれた感じを出そうとしすぎているような気がしてさらに一回。

結局は、緑色ということで決めてしまったのである。

人間というものは、これほどに合理性とはかけ離れている。緑の外観を持ったホテルは生まれて初めて見たし、よりによって私は緑色をこの上なく愛している。たぶんに些細なことであり、たった一つの非実用的な理由が、時にはそのほかのすべての重要かつ合理的な理由をも圧倒してしまうことがある。こうなってくると、それはもう些細な理由なのではなく、少なくとも私にとっては絶対的な理由になる。

Day2　それぞれの旅行の仕方

Thursday, January 3rd

「ポルトガルの家は普通、アメリカの家よりずっと小さいのです。また、私どものホテルは歴史的に古い旧市街地の中心にあるので、建物がさらに狭くて、それで客室に大きいベッドを置くのが難しいのです」

　朝ゆっくり目を覚ますとホテル・ダ・バイシャのコンシェルジュ、アンドレアが電子メールであらかじめ知らせてくれたことが思い出された。本当に、こんなにも狭いシングルベッドは初めてで、さらに二つのベッドをくっつけてとなると、ツインベッドの本来の意味が失われるのではないかと首をかしげてしまうが、それでも大切な人がすぐそばですやすやと呼吸をしながら寝ている姿を見るのも悪くはない。実際、私は娘を見つめているだけで幸せである。私にとって幸せとはそういうものである。それよりもさらに上を行く幸せ、それは私の大切な人が幸せである姿を見るとき、例えばユンソが幸せそうであるとき、私の幸せは倍になる。十歳の私も両親にとってそんな存在であっただろうか。もう聞くこともできないが、もしもそうだったらいいと思う。それにしても、この世のどこに行っても柔軟に適応できる娘の姿には、何とも驚かされる。

「ばかみたい。お母さんと一緒にいると、安心できるのは当たり前でしょ？」

ユンソが私の言葉を聞けば、目をまん丸にして、こう返事するのは容易に察しがつく。性格があっさりとしているところも本当に私とそっくりである。週末の朝、遅めに目を覚ましてこんなふうに娘の顔をのぞきこんでいると、娘も自然と目を開けることがある。枕を互いにぴったりとくっつけて横になったまま見つめ合う。ユンソは笑うこともなく人差し指で私の額と頬、鼻筋と唇、あちこちをぎゅっぎゅっとしきりに押す。あたかも目の前の存在をしっかりと確認しようとするかのように。私がさりげなく愛情を求める幼稚な質問をしても何の言葉も必要ないとばかりに唇をぎゅっとつぐんで深刻な科学者の表情でまじまじと母親の顔の部位を自分の指で確認する。日ごろ享受しているもっともゆっくりと気だるげに流れる時間を、ここリスボンで持ってみるのもいいだろう。気が済むまで、しばらく寝させてあげないといけないけれど。

両親ともに他界し、この世で私が責任を担わなければならない人はユンソただ一人になってしまった。言いかえると、娘を除くすべての人間関係を、私は捨てることができるということである。その自由さにいまだに慣れきれず寂しく感じることもある。

*

リスボンに到着したら、まず行くべきはコメルシオ広場Praça do Comércioなのだそうだ。広場の向こうに雄大に広がるテージョ川に「今、私はここリスボンに来ました」と申告してから旅行を始めるものらしく、その言葉にかなり説得力があるようにも思えて、ユンソと私はホテルを出て川風の吹いてくる方向へと十分あまり歩く。リスボンが面しているのは、「海」ではなく「川」であるということを私は今回の旅行を準備する過程で初めて知った。厳密に言えば、リスボンの中心から二十、三十分の距離にあるベレンBelémの塔がテージョ川の終わりであり、大西洋の始まりである。父が運転する自動車の後部座席でこくりこくりと居眠りをしていると、いつの間にか海に到着していたのだから、私はリスボンが釜山のように海に抱かれているものとばかり錯覚していたのである。

コメルシオ広場はもともと宮殿があった場所で、一七五五年十一月一日に起きたリスボン大地震により、現在このように巨大な空間として残っている。広場があるバイシャ地区は被害がもっとも甚大であった。リスボン大地震は当時のリスボンの人口二十七万人のうち、六～九万人の命を奪った、マグニチュード八・五～九・〇の世界最悪の災害の一つに数えられる。地震は諸聖人の日（カトリックの祭日）、市民たちが聖堂に集まってミサをあげている最中に起きた。神に見捨てられたこのときの経験は、はからずもポルトガルの文化と哲学を宗教中心から人間中心に変えさせるきっかけともなった。理由の分からない苦痛を経たとき、人間はもはや神だけにもたれて生きていくことはできなくなる。コメルシオ広場を横切りテージョ川に出ると、川べりに段差の低い階段がある。静かな川の水の音が聞こえ、視界がはるか遠くにまで広がる。まばゆいばかりの太陽は暖かく、川の水と風は心地よく冷たい。みな、川を背景に愛する人と寄り添い合って写真を撮っている。あるいは、愛する人に送る自分の写真を撮ってほしいと、知らない人に笑顔でお願いをする。

海のように雄大なテージョ川を眺めながら、ポルトガルの大航海時代を想像する。中世以前のヨーロッパの人々は地球が平面で、水平線の向こうに行くと垂直に墜落するものと信じていたとも聞く。しかし、この国の探検家たちは海の向こうのどこかに新世界があるのだと考え、不確実性という恐怖に打ち勝って勇気を持って冒険をした。どうしてこんなにも無謀かつ浪漫的でありえたのだろうか。どんな心をもってして、海を世界の果てではなく始まりと見ることができたのだろう。なるほど、終わりと始まりはつねに背中合わせではあるが、私たちはその事実から目をそらしてこなかっただろうか。新しいものを発見するということは、本来何よりも素敵なことである。今、この時代ではそうしたくとも、新しいものを発見することが果たして可能なものかどうか、気が遠くなるような話である。

切りのない連想を断ち切って、私はここに来た目的を思い出す。大西洋に豊かな水を流し込むテージョ川を眺めながら、心の中で静かに両親を思う。

母さん、父さん。私、ユンソを連れてリスボンに帰ってきたよ。

＊

よく見ていると旅行の仕方は人によってずいぶんと違う。宿では寝るだけにして、目が覚めている間は疲れきるまで旅行先のあちこちを回らないと気が済まない人がいるかと思えば、慣れない空間ではあってもホテルの部屋で快適に過ごすことに重点を置く人もいる。ある人は現地のあらゆる交通手段に乗ってみようとするし、ある人はその地の人たちやほかの旅行者たちと言葉を交わすことを求める。一日三食美味しいものを食べるために動線をきちんと組む人がいるかと思うと、毎晩クラシック音楽やオペラ公演のホールを回る人もいる。思い返してみると、私はちょっと変わった魅力のある、日常の場所を偏愛しているらしい。その場所は固有の物語を持つ書店やカフェ、町の住民たちにとって平凡ながらも大切な生活の一部となっている静かな庭園や公園、週末にだけ特別に開かれる市場、そして観光客たちの手にあまり触れられていない小さな路地などである。あいにく、世界遺産に指定された遺跡や有名な造形物、聖堂、修道院、寺や神社などの宗教施設、ご親切にも素晴らしい作品たちをひとところに集めた美術館や博物館にはさほど興味がない。これにあわせて、気に入る宿を選択することに対する病的なまでの執着ぐらいが私の旅行の特徴だと言える。

コメルシオ広場を通ってテージョ川に「帰国」のあいさつを済ませた私たちは、バイシャの町の散策に出かける。ホテルのあるプラタ通りのすぐ隣のブロックに入ると、フェルナンド・ペソア Fernando Pessoa の『不安の書（Livro do Desassossego）』（邦訳では『不穏の書』とも）に登場するドウラドーレス通り Rua dos Douradores が突然に目の前にあらわれる。『不安の書』は一人の人間が生涯にわたって追求した内的省察を極限にまで推し進めた作品で、リスボンの帳簿係補佐ベルナルド・ソアレスが記録した手記形式をとっている。ペソア自身のように鋭敏で複雑な内面を持った、冷笑的で孤独な一人称主人公ソアレスが、あの四階建ての建物のどこかで腕貫きをはめて今も寡黙にタイピングをしているように感じる。ほかの通りが柔らかなパステルトーンであるならば、ドウラドーレス通りは何一つ飾り気のない煉瓦《れんが》色が主調をなしている。道幅も車一台がかろうじて通ることができる程度で狭い。セーラー風のユニフォームを着た荷物運搬人が力強く荷車を押して通り過ぎ、口ひげを生やしたトレンチコート姿の中年男性はせわしげに仕事場に向かう。

ドウラドーレス通りを抜けてバイシャの中心街であるアウグスタ通り Rua Augusta を歩く。外に立て看板を出したアルテ・ルスティカ Arte Rústica というポルトガル産の民芸品店に入る。素朴なデザインの焼き物と刺繍テーブルクロス、ムートンラグなど、ポルトガル産の民芸品は魅力的であるが重さのこともあって買って帰るのは難しい。たまたま、昔、両親が買ってくれた刺繍をあしらった宝石箱を見つけて驚く。ユンソにも一つ買ってあげたかったが、値段を見て二の足を踏んでしまう。そのかわりに同一の刺繍技法で作った恋人たちのハンカチ Lenços dos Namorados を買って帰ることにした。

恋人たちのハンカチは、ポルトガル北西部ミーニョ Minho 地方で十七世紀に始まった、若い女性たちがハンカチにメッセージや絵を刺繍して愛する男性にプレゼントする風習である。あるいは誰かを好きになった男性が相手にこのように告白することもある。

「私のためにハンカチを作ってもらえませんか？」

オリジナルデザインは赤と黒のクロスステッチであったが、歳月とともに明るく可愛らしいものになった。まるで子どもが好き勝手にした落書きのようだ。何を刺繍するかに決まりはない。ハートと鍵、二人の記念日を基本に、鳩は恋人のやさしさ、花と植物の茎は愛の垣根、船や手紙を口にくわえた鳩は遠くに旅立った人への想い、十字架や燭台は神聖な結婚を意味する。メッセージを刺繍するときには、恋人の名前に合わせ「私以外には誰のことも好きにならないで」「あなただけが私の希望」「これは私の心を開く鍵です」など、愛を告白するそれぞれの文章が入る。当事者でなければ分からない私的な物語が編まれているほどに魅力的である。

刺繍をするということが、どれだけ時間と真心を必要とすることか。長い時間を感情のない表情で、しかし、愛情だけはしっかりと込めながらひと針ひと針完成に向けて作業を進める意志。何かと非効率的な上に既製品のように洗練されてはいないが、誰かを好きになるということは、最初から効率や洗練とは距離が遠いものなのではないか。「それにもかかわらず」自らの手で作ってあげたいのが人を愛する心というものだろう。

ハンカチのプレゼントをもらった男性は、日曜日のミサに出席するとき、着飾って意気揚々と上着のポケットに挿したり、首に巻いたり、帽子にさりげなく巻きつけたりした。いわば、自分たちの愛を公然と知らせる婚約の印でもあった。意地悪な男性たちは友だちがもらったハンカチをこっそり盗んで恋人たちを喧嘩させたりもし、別れたときには相手にハンカチを返すこともあった。恋人たちのハンカチは通常ある程度、愛情を互いに確かめたあとに渡したが、時には少数の勇気ある娘たちは片思いする男性に刺繍したハンカチを渡して告白したりもした。世の中のどこにでも今も昔もそのようにしてでも告白せずにはいられない情熱あふれる女性たちが存在するのである。結果とは関係なしに、それはそれでとても愛らしくもある。

アウグスタ通りを出て西側、シアードChiado方面にゆっくりと歩く。行ってみたい書店が三か所あった。本と関係する仕事をしているので気になるということもあるが、根本的には書店特有の雰囲気が好きなのである。書店の雰囲気は本来心地よいもので、もしも雰囲気が心地よくない書店というものが世の中に存在するとすれば、それはすでに書店として機能していないのだと思う。書店の心地よさには基本的に本というアナログな事物が大きな影響を及ぼしているが、書店の主人と店員、そして愛書家という、いささか大げさに言えば絶滅の危機にあるこの人たちが、おおむねよい人たちであるということも関係している。快活であったりすぐに親しくなったりするタイプではないかもしれない。しかし、私は彼らが自分から考えようとし、必要であれば真剣にもなり、少しなりとも世に資するべく努力する人たちであると信じている。

地図を頼りにあちこちの路地を歩いていて、最初に見つけたところはフェリン書店 Livraria Ferin である。一八四〇年に営業を始めたこの店はリスボンで二番目に古い書店で、なじみの客が定期的に訪れる知的空間である。一時はポルトガル国王の本を作ったことがあり、ときどき作家朗読会が開かれる下の階に降りると、当時使っていた製本道具類が昔そのままに展示されている。扉を開けて入ると白いアーチ型の天井と丸いアンティーク時計がまず目につき、天井の高さに合わせた長い歳月を経た木製の書棚と古風な紺色のカーペット、あちこちの隅に置かれた黒の革張りのソファが落ち着きを与える。左側の中央に置かれた机の向こうで静かに本を読みながら一人書店の番をする、眼鏡をかけた、巻き毛の茶色の髪の女性が見える。おそらくこの書店に二十年間勤務しているマファルダ・サレマだろう。一目見ただけでもこの場所をきちんと掌握している経験の重さが感じられる。

次に入ってみた書店はシアード中心部ガレット通り Rua Garrett のベルトラン書店 Livraria Bertrand である。ここにもやはり派手な看板はなく、入り口も狭い。一七三二年に営業を始めたベルトラン書店シアード店はギネスブックで公式的に認定された世界でもっとも古い書店である。一七三二年とは何とも気の遠くなる話であるが、通路の片方の壁にかけられた書店の昔の大きな白黒写真を見ながら、その歳月の深さをかろうじて想像するのみである。

*

午後一時になるころ、カフェ兼レストランであるマルティーニョ・ダ・アルカーダ Martinho da Arcada に到着する。一七八二年創業のこの店は当代の知識人や芸術家たちのたまり場でもあったが、それよりもペソアが好んで訪れたということから寄ってみたかった。シアード中心にあるカフェ・ア・ブラジレイラ Café A Brasileira の前にペソアの実物大の銅像が設置されており、そちらが行きつけのカフェとされているが、実際にペソアが食事と読書、ほかの作家たちとの交流を楽しんだところはおもにこちら、マルティーニョ・ダ・アルカーダであった。貿易会社の事務員として働いたころ、彼はほとんど毎日事務室近くのここで食事とコーヒーを済ませ、夜遅くまで文章を書いた。丸い眼鏡に口ひげ、中折れ帽にすっきりと黒のスーツを着こなしてわびしくリスボンの通りを歩く無表情の紳士。

マルティーニョ・ダ・アルカーダのテラス席にはうららかな天気を楽しむ人たちと、その間を行き交う黒のチョッキに蝶ネクタイ、白の長エプロン姿のウェイターたちが見える。高鳴る胸を抑えて食堂の扉をゆっくりと開けてみる。そっと中をのぞいてみると、まだほかの客の姿は見えない。そしてちょうど正面に「あの」四人用のテーブルが見える。壁掛けに中折れ帽がかかっているところ。フォトゾーンとして客用には使わない席。ペソアが指定席として座っていた「ペソアのテーブル」である。

フェルナンド・ペソアについて何から書いたらいいだろう。ペソアは生前、ポルトガル語では一冊の詩集『メンサージェン（Mensagem）』を出したのみ（ほかに英語詩集がある）であったが、一九三五年に他界したのち、彼の自宅にあった大きなトランクの中から詩や散文が書かれた二万七千枚あまりの原稿が発見されて伝説となった。彼を特徴づけるもっとも独特な履歴は、彼が著者として使用したじつに七十個を超える「異名（それぞれ別人格を持つペソアの作り出した作者の名）」である。それぞれの異名ごとに来歴や性格、職業などが異なる人物を設定して、それによって異なる文体と言葉で文章を書いた。全世界の文学研究者たち誰しもが魅了されるテーマである。

しかし、ペソアは私にはまったく異なる意味から興味深い人物である。五歳のときに実父を亡くし、外交官と再婚した母に連れられリスボンから継父の赴任地であった南アフリカのダーバンに移住、外国語である英語で勉強しなければならなかったこと。手続き上の問題から英国留学に挫折(欠格事由から奨学金を得られなかった)、やむなく一人で十七歳にして帰国、リスボン大学文学部に入学しなければならなかったこと。入学して一年ほどで時間の無駄と考え大学を中退、生計のために貿易会社で翻訳の仕事をし、一方で詩を書き始めたこと。生涯にただ一度、恋愛をしたこと。それさえも負担で自ら関係を切ったこと。モダニズム文芸誌を発行しても、出版社を経営してもすぐに失敗してしまったこと。ふと、『不安の書』(オ・ジンヨン訳、文学ドンネ[韓国]、二〇一五)に載っている言葉を思い出す。

「私たちは向かい合っていても互いを見ることはできない」
「不安は次第に増大し、いつもそこにある」

反抗的で内向的な一匹狼でありアウトサイダーでもあったペソアの文章には諦め、自意識、孤独がにじんでいる。自らが作り出した数十種類の異名は、孤独であったがために、自分を誰も理解してくれそうになかったがために、現在の自分を嫌悪したがために、自らに与えた分身であり友でもあったのではないか。彼は十七歳で南アフリカからリスボンに帰ったあと、ただの一度も外国に出ず、頑なにリスボンにとどまり続けた。彼が旅行や旅行記を想像力の不在であるとして批判し否定したのは、私には本心であるというよりは挫折した過去の経験に起因する反発であったように感じられる。あるいは、成長期にどの地にもしっかりと根を下ろせなかった人間の「決して変わることのない自らのもの」に対する執着ではなかったろうか。これは私の主観的な同質的意識に過ぎないのだろうか。

一人であれこれと思いに浸っていて、注文を取りに来たウェイターにはっとする。私たちはカルド・ヴェルデ Caldo Verde とマルティーニョ・ダ・アルカーダ風仔牛ステーキ、そしてハマグリのオリーブオイル蒸しを注文する。

カルド・ヴェルデから出てきた。じゃがいもと玉ねぎをじっくりと煮込み、刻んだケールを加えたこのスープは私にはイワシの塩焼きとともに思い出に残る食べ物である。ケールのために「ヴェルデ（緑色）」という名前がついている。ユンソと向かい合って座り、体の芯まであたたまるカルド・ヴェルデを分け合って食べながら、がらんとした室内をゆっくりと見まわす。隣のテーブルの壁掛けにぽつんとかけられた彼の中折れ帽のせいだろうか、カルド・ヴェルデがあたたかさを伝えてくれるのとは逆に、私はペソアのわびしかったであろう人生について考える。そしてペソアおじさんは、彼独特の愛想のない声でこう言うのである。

「葡萄酒でももう一杯おくれ。人生など何でもない」

一九三五年十一月十九日
フェルナンド・ペソア

（『私がどれほど多くの霊魂を持っているか』、キム・ハンミン訳、文学と知性社［韓国］、二〇一八）

Day3　リスボンの色

Friday, January 4th

落ち着くための時間が少し必要で昨日の日記に書かなかったことが一つある。夕方も近くなりシアードで精巧な文様の石畳の道、カルサーダ・ポルトゥゲーザ Calçada Portuguesa（ポルトガル式石畳）を歩いていて、うっかり段の低い階段に気づかず右足を踏み外し、前に転んでしまったのである。右手に持っていたカメラははるか向こうへと飛んでいき、私はカルサーダ・ポルトゥゲーザにぺたりと張りついたようになった。一瞬のことで、しばらく道に突っ伏して目を閉じていた。短い時間の間にいろいろなことが頭の中をよぎった。足を骨折していたら残りの滞在期間をどうしようか。こちらの病院に入院しなければならないのか。ユンソはどこに預けたらよいのだろう。カメラは壊れただろうな。この二日間で撮った写真も諦めないといけないな。手のひらと膝に痛みを感じる。案の定、ごつごつとした石畳にぶつけた拍子に膝をひどくすりむき、血がにじんでいた。どうにも私という存在がリスボンという都市から歓迎されていないようで、子どものように哀しく恨めしい気がする。

○3○

朝起きてパジャマのズボンの裾を持ち上げて膝を見てみると、赤い血の跡のある傷口に、紫色のあざができていた。あらためて昨日のことが現実であったことを自覚する。

「お母さん、今日、あれに乗りに行かないの？」

布団の中でぐずぐずしている私とは反対にユンソが目を輝かせながら言う。今日はもともとリスボンの象徴とも言えるレンギョウ色の路面電車、二十八番トラムに乗るという約束をした日である。二十八番トラムは百五十年の歴史を持つリスボンのトラムの中でも、バイロ・アルト Bairro Alto とアルファマ地区を通り、もっとも長い三十四か所の停留所を運行することで人気がある。朝早く行かないとなかなか座ることができないのだと言い聞かせていたのをユンソが思い出したのである。

私は低くため息をもらす。二十八番トラムについて耳にたこができるほどに聞いていた二つのことがあるからである。一つは、二十八番トラムはリスボン最高の魅力なのだから必ず乗ってみなければならないということ。もう一つは、二十八番トラムはスリの温床なのでくれぐれも注意すること。そうでなくとも普段から性格的に不安が多いほうで、昨日石畳で転んで心理的に委縮した状態で、乗り合わせた誰がスリなのかも分からない二十八番トラムに乗るということが負担に思われた。もちろん、スリのターゲットにならないためのいくつかの対応措置は事前に熟知しているつもりではあった。

一、できるだけ早朝に利用する。

二、乗客の多いトラムには乗らない。
三、立って乗って行くのではなく座席に座る。とすれば、始点から乗る。
四、トラムの中で誰かが座席を譲ってくれたとしても絶対に座ってはいけない。家族スリ団に周りを囲まれた形になり、お金を抜き取られることがあるから。また、三人組のスリ犯のうち一名は必ず観光客のふりをする。
五、立って乗って行くときは、坂を上がるときにとくに注意する。かなり揺れる上に手すりもないので、スリをするにはうってつけである。
六、カメラを肩から提げて乗らない。カメラケースのひもを切られてしまう。
七、貴重品はポケットではなくかばんに入れ、かばんは必ず前に持つ。
八、いっそのこと、路線が重なっていて相対的に乗客が少ない十二番トラムに乗る。

期待とときめきよりは「覚悟」が必要な状態である。暗い表情でぼんやりと横になっていると、ユンソがどうしたのかと聞いてくる。私は不安な気持ちをありのまま娘に話す。昨日けがをしたから、今日は気分的にどうにも自信がないのだと。

「昨日は昨日で、今日は今日じゃない」

ユンソは私の感情に決して振り回されはしない。私の気持ちを察して媚びようとすることもない。そして違うものは違うと淡々と否定してくる。さらに言えば、子どもたちは勇敢でもある。

*

プラゼーレス墓地 Cemitério dos Prazeres 前の広場にある二十八番トラムの始点に立っている。時間は十一時近くで、雲の多い日である。思ったほど停留所の列は長くない。トラムは時刻表通りに時間を守ったりはしない。遅く来ることもあれば、早く出発することもあるらしいが、誰もそれをとがめたり、腹を立てたりすることもなく、とくに不満をこぼさず待っている。長くてもせいぜい十分ほどの間隔で運行しているので、急ぐ必要もなさそうである。二十八番トラムが到着して順番に乗り込む。私たちは降車口のすぐ隣の座席を二つ確保して座る。ユンソはあたかも遊具にでも乗ったかのように喜んでいる。さあ、とにかく出発である。

二十八番トラムは急ぐということをしらない。特別に危険な場合でなければ通行人や別の車に向かって警笛を鳴らすこともない。通り過ぎる家々の窓に洗濯物が干された美しい庶民の町・アルファマで、路地の合間を老練に通り抜けるたびに乗客たちは一斉に嘆声をあげる。アルファマの細い坂道からポルタス・ド・ソル広場 Largo das Portas do Sol に出ると、視界が一気に広がる。終着駅であるマルティン・モニス Martim Moniz まで行こうと思っていたが思いなおしてここで降りる。いつの間にか雲一点なく空が澄んで、うららかな天気である。それにしてもリスボンは日差しの有無によって感じがまったく異なる。体があたたかな暖炉にあたったような気持ちになり、緊張で凍っていた心もゆっくりと解けていく。降りた場所にそのままたたずんでよく考えてみると「スリ被害に遭う確率がかなり高い」という前提が、むしろ二十八番トラムに乗ることの面白さと意味を与えているようでもある。

二十八番トラムに乗ったのは、リスボンでもっとも古い町であるアルファマ通りを散策しようという目的もあったが、ポルタス・ド・ソル展望台のそばにあるもう一つの小さな展望台、サンタ・ルジア展望台 Miradouro de Santa Luzia に咲いたブーゲンビリアが見たかったからでもある。

生まれて初めてブーゲンビリアを見たのは駐ポルトガル韓国大使官邸の庭園でのことであった。白い邸宅の軒先に美しく咲いた濃いピンク色のブーゲンビリアの蠱惑的な姿は一目で私を魅了した。木にいっぱいに咲く花は華麗で、私はかすかな感動を覚えた。大使夫人が自ら焼いたにんじんケーキを出してくれて、初めて食べる私は野菜がケーキの材料になっていることに内心あまり気が進まなかったのだが、一口食べてみて、あまりのおいしさに圧倒された。そんな私の姿を嬉しげに見ていた大使夫人は、韓国に私と同じほどの年齢の孫がいるのだと言い、リスボンには僑民たちがあまりに少ないと寂しがった。

その後もリスボンの所々でブーゲンビリアの木を見かけ、その華麗な花びらの濃いピンク色とオリーブの木の深緑は、自然と私の中にリスボンの色彩として刻印された。周囲の人々がサンタ・ルジア展望台から見下ろすアルファマ通りとテージョ川を見ている間、私は久しぶりに再会した、肌寒い季節でかさかさに乾いたブーゲンビリアの花びらに、指先でそっと触れてみた。リスボンで過ごして以降、いっぱいのブーゲンビリアをふたたび見たのは一年前、ユンソと一緒に行ったタイのチェンマイでのことであった。滞在期間を衝動的に二日間延長して泊まることにした古いホテルでのことである。さほど期待することもなく訪れた、人もまばらな野外プールの片側の壁面にツルを伸ばすようにして美しく咲くブーゲンビリアを見て、心臓が張り裂けそうなほどに驚いた。あまりに嬉しくて、その後に書いた短編小説『チェンマイ』に重要な小道具として登場させたまでした。

サンタ・ルジア展望台でブーゲンビリアと充分な時間を持ち、ユンソとアルファマの路地へとゆっくり下りていく。アルファマは大地震を耐え抜いたほぼ唯一の地区で、リスボンで古い路地の姿がもっともよく保存されている町である。あちこちの路地にパステルトーンの小さな建物がぎっしりと立ち並んでおり、ベランダや窓に張ったロープに色とりどりの洗濯物が干されている。こんなとき、そこに住む主人が窓を開いて顔を少し出し、私の下手なポルトガル語でちょっとした対話を交わすことができればよさそうに思う。

ユンソの腹時計が鳴ったので、昼食をとれそうなタスカ Tasca を探す。タスカは家族で経営する小規模の手軽な食堂で、飾らない料理を出してくれるところである。店の前の立て看板には「今日のおすすめメニュー」が書かれており、室内装飾は素朴であるものの、料理は量も多く味もよい、そんなところである。あちこちを見て回り、オス・ミニョートス Os Minhotos というタスカを見つける。「ミニョートス」はポルトガル北西部ミーニョ地方の人々という意味である。韓国的に言えば、「束草屋《ソクチョ》（束草は韓国の北東部に位置する市）」という程度の概念である。ユンソと私は目で合図をしてお互いにうなずく。そう、ここで食べよう。少しばかり傾斜のある坂道に置かれた二人用の野外テーブルに座ると、白髪の不愛想なおじさんがメニューとクヴェール Couvert を持ってきてくれる。クヴェールは客が注文したメニューを出す前に持ってきてくれるパンとバター、オリーブとツナスプレッドなどのことで、四ユーロほどの料金を別途支払う。希望しない場合はその場で「ナウン、オブリガーダ Não, obrigada.」と言って返せばよい。しかし、空腹だった私たちはそのままもらうことにした。「パン」という単語の発祥地らしくリスボンのパンはおおむね淡泊でありつつも深みのある味がする。

注文した料理が順番に出てくる。大ぶりのイワシ三匹にたっぷりと塩をふり、炭火でしっかり焼いたイワシの塩焼きは、じゃがいも五切れと手でちぎったレタスのサラダが添えられている。あいにく旬の六月に外の火鉢で焼いて食べることはできなかったが、思い出のあの味である。もう一つのメニューはポルトガル人たちが日常的に食べるバカリャウBacalhau である。バカリャウは塩漬けにした干しダラで、一、二日水につけて置き、塩気を抜いて柔らかくしたあとに料理する。数多くの料理法のうちもっとも大衆的なメニューは玉ねぎとほぐした干しダラに、フライドポテトと卵を加えて炒め、オリーブとパセリを散らしたバカリャウ・ア・ブラス Bacalhau à Brás だが、私が注文したのはヒヨコ豆、にんじん、トマト、レタスなどの野菜にタラの身の燻製《くんせい》をのせたサラダである。ポルトガル料理は気取らないシンプルさと満腹になるほどのたっぷりした量が特徴であるが、私はこれが嫌いではない。おもに塩とコショウ、オリーブオイルで味付けされており、サラダもオリーブオイルに酢を混ぜるだけで充分である。スープは一人前を注文しても大きな器に盛られてくるので、何人かで一緒に食べる。大西洋で獲れる新鮮な海産物と、気候に恵まれた肥沃な土地で育った農作物が、そうした気取りのない料理を可能にしたのだろう。

オス・ミニョートスの主人はなかなか笑わない不愛想な印象であるが、料理が私たちの口に合うか気がかりのようで何回かさりげなくやってきて、こちらが聞き取れようが聞き取れまいがお構いなしに料理について二言三言説明をしてくれる。ここの人たちは不愛想に見えがちであるが、じつは少しばかり人見知りであるに過ぎない。その照れた表情のせいで社交的でなく、偏狭であるとの誤解を受けやすい。同じラテン系であっても、すぐ隣のスペイン人たちとどれほど気質が異なることだろう。例えば、闘牛はポルトガルとスペインが有名だが、両国の規則は異なる。ポルトガルでは闘牛士は馬に乗って牛と闘うため「馬に乗った人」という意味のカヴァレイロ cavaleiro と呼ばれ、最後は牛を殺さず生かしてやる。半面、スペインの闘牛士は馬に乗らずに牛と立ち向かい、牛にとどめをさして終わるため「殺す人」という意味のマタドール matador と呼ばれる。両国の民族歌謡はどうか。ポルトガルのファド fado がか弱い心を吐露した諦めの情緒を帯びているとすれば、フラメンコ flamenco は愛する相手に向けて情熱的に突進することを宣言する。どちらがよいということではなく、どこまでも気質の違いの話である。

リスボンの男性は（おそらく）通りかかりの女性につきまとうことはない。おさきにどうぞと道を譲ってくれる男性は多く見た。リスボンの男性は（おそらく）運転席から顔を出してクラクションで煽りながら、相手の車に向かって罵声《ばせい》を浴びせることはない。リスボンの男性は（おそらく）道を歩きながらどこにでも唾をペッと吐き出したりはしない。リスボンっ子がローマや北京やボゴタのような都市に移住することは（おそらく）なさそうである。同様に、ポルトガル女性はブラジル女性に比べると（私はブラジルに三年間住んだので彼女たちをかなり近くで見ている）はるかに静かで温和である。ブラジル女性のとてつもない元気さときたら……そうやって主観的な比較を一人、心の中でしていると、突然二人の青年がカンフーの真似をしながら私たちのテーブルの横を通り過ぎる。突然のことで、ユンソは目を丸くして私を見る。

「あれ、何?」

「中国語を真似しながらからかっているの」

「どうして?」

「私たちが東洋人だから。見かけが違うから」

大きなじゃがいもを半分に切って口に運びながら、私はたいしたことでもないように答える。三十数年前、リスボンの美術館でほかの子どもたちから「中国人の子」と指をさされた記憶がふとよみがえる。

「わけ分かんない。どうしてあんなことするの?」

ソウルでだけずっと生きてきた娘が、生まれて初めて人種差別に遭う姿を私はじっと見つめる。傷ついてしょんぼりするのではなく、すっきりと腹を立ててくれるのが嬉しい。いつの間にかユンソは不快感もすっかり忘れて、残りの料理をきれいに平らげる。ポルトガル料理のようにシンプルな、この子のこんなあっさりしたところがいい。

食事を終えるまで店の主人は姿を見せず、中に入って勘定をしてもらうことにした。入っていくと二坪ほどの厨房の前であの白髪のおじさんが茶色の髪を後ろでくくった白のエプロン姿の調理師のおばさん（おそらく彼の妻だろう）にどういう訳かは分からないが、ひどく叱られていた。だいたいの雰囲気で訳すと、「あなたはどうしてそんな仕事の一つもちゃんとできないの！」である。夫の仕事のやり方が妻の目から見てどうしても満足できないのは、どうやら万国共通であるらしい。妻がもどかしがって腹を立てようがどうしようが、夫はと言えばへへへと頭をかいてその場を逃れようとするばかりである。

「おじさん、記念に店の前で写真を一枚撮らせてもらえませんか？」

そう言って、今日は私がおじさんに助け舟を出してあげた。

＊

ホテルでしばらく休んでサン・ジョルジェ城 Castelo de São Jorge に行くためにふたたび外出の支度を整えて外に出た。サン・ジョルジェ城の展望台から夕日を見たかったのである。あたふたと息を切らしながら展望台に上ったユンソと私は目の前に広がるテージョ川と市内の美しい風景に魅了される。驚いたことに、ここから見下ろすと鉄筋コンクリートの現代式高層建築はほとんど見えない。新市街であるリベルダーデ大通り Avenida da Liberdade の特級ホテルなど、相当の高層建築であるにもかかわらず、サン・ジョルジェ城の丘から見下ろすと、ちょうど木に隠れて古い橙色の煉瓦屋根が見えるばかりである。数百年前の風景であると言われても、そのまま信じてしまいそうである。

○4○

五時半を過ぎると、自然の摂理のままに一日が暮れていく。日が暮れ始めると、なぜかすべての風景が少しずつ切なく見えてくる。細く赤い線が水平線の向こうから少しずつ空を染め始める。その上に、黄色と白色の層が重なっていく。テージョ川の水面はビロードのように柔らかな質感に変わる。太陽がだんだんと小さくなり、真珠色の雲はあたかも泡立て器でクリームを泡立てたあとのように形が崩れていく。テージョ川の青と、空の青が区分しがたいほどに近くなる時間がほんの一瞬訪れる。少しずつ小さくなりつつあった太陽はやや黒みを帯びた赤となり、姿が見えなくなるまでの最後の存在感を見せつける。川と空が夜の時間へと変わる間、テージョ川を横切る船と空を飛ぶ飛行機は、それぞれの速度でゆっくりと進んでいく。沈んだ太陽の跡が赤紫一色に染まり、さらに明るい薄紅色へと変わる。激情のような情緒が、ゆっくりと落ち着きを取り戻す。変わりゆく夕空の様子をこうして一つひとつメモ帳に記録することが、ふと無意味なようにも感じられる。ただすべてのものを目と胸に納めておけばよいのかもしれない。

夕焼けを背景にキスをする恋人たちもいれば、互いに抱き寄せ合う恋人たちもいる。子どもたちは展望台の望遠鏡でいたずらをする。ある外国人男性は風景を見つめながらじっと思索にふける。何人かの若者たちは、風景はたっぷりと見たのだからこれくらいにして酒でも飲もうと展望台の後ろにあるワイン・キオスクの周りで騒々しくたむろする。大切な人の顔を思い出しているような切なげな表情の横顔も時おり見える。おそらく私もほかの人たちには、その中の一人であったことだろう。日没のスペクタクルは強烈なものだったが、いくらも経たずしてすべてが終わった。過ぎてしまえば、ほんの一瞬であった。あたかも私たちの人生で輝いていた瞬間のように。暗くなっていく中にときどきいくつかの哀しい面影が見えた。

しかし、もしかしたらそれは、あまりに美しいものを見たせいだったのかもしれない。はるか向こうから聖堂の鐘の音が鳴ると、待っていたかのようにリスボンの通りの街路灯に一つひとつ灯りがともされていく。

Day 4　オリーブの木と異邦人たち

Saturday, January 5th

ソウルにあるわが家のリビングには風に揺れるオリーブの木の写真が額縁に入れてかけられている。この世のすべての被造形物の中でもっとも美しいもののいくつかをあげろと言われれば、私の目録にはオリーブの木が入る。オリーブの葉だけに見られる薄く灰色がかった奥深い緑。やや丈がある柔らかな曲線。風が吹くと木の葉はみな浮遊するようにたなびくのに木の幹は強固にどっしりと立っている。果てしなく広がるポルトガル中南部アレンテージョ Alentejo 地方の初秋のオリーブ林を父が運転する車に乗って後部座席から窓の外を夢のように恍惚と眺めていた記憶が切なくよみがえる。

朝食を済ませて心地よく冷たい風にあたりながらサン・ドミンゴス教会 Igreja de São Domingos へと歩く。リスボン大地震と一九五九年の火災を耐え抜き（大がかりな修復を経た）、今でも残っている奇跡のようなところであり、今はアフリカ系移民者たちが多く集う場所でもある。しかし「今日やるべきこと」はその前の広場に植えられた一本の古いオリーブの木を見に行くことである。

樹齢百年を軽く超えるであろうこの巨大なオリーブの木の前に立って私はしばらくの間絶句する。嬉しく、幸福である。ほかにどんな言葉でこの気持ちを説明できよう。このオリーブの木は誰が一体どういう理由でここに植えたのだろうか。その理由や歴史がどうであれ、木は超然たる姿勢でサン・ドミンゴス教会を行き来したり、広場に集まったりする人たちを静かに見つめている。華麗なアフリカ民族衣装をまとった黒人女性たちはオリーブの木の下で食材や香辛料を陳列し、夏になると黒人少年たちがこの木の陰で遊ぶことだろう。このオリーブの木付近にはほかの木がまったくない。建物一つ向こうを見るとほかの木がいっぱいに睦まじげに立っているのに、このオリーブの木はほかの木々と離れて孤独に立っている。そして自分を必要とする人間たちに自らを喜んで提供するのである。

リスボンのもう一本のオリーブの木を見に行く途中でカーザ・ド・アレンテージョ Casa do Alentejo にしばらく立ち寄ることにする。サン・ドミンゴス教会から歩いてすぐである。アレンテージョ？　そう、さきほど果てしなく広がるオリーブ林があると書いたあの中南部地方、アレンテージョのことである。「テージョ川の向こう」という意味のアレンテージョ地域は国土の三分の一近くを占める広々とした地で、八世紀から十三世紀までムーア人（イベリア半島を占領したアラブ系イスラム教徒）の支配を受けた。カーザ・ド・アレンテージョは「アレンテージョの家」という意味で、今はリスボン居住のアレンテージョ出身の人々が集まる会館として運営されている。アレンテージョの郷土料理が味わえる食堂は外部の人にも開放されている。

カーザ・ド・アレンテージョは一般的なリスボン旅行ガイドブックであまり扱われることはないが、私は写真で見た異国的な雰囲気（ムーア人が残したイスラム文化の影響であろう）に魅了された。どうやら私は「複雑に混ざったもの」が好きらしい。イスラム文化を含めたアフリカとアジア、そしてヨーロッパが混ざった独特な混沌がリスボン固有の魅力であると思う。リスボンに住んでいたころ、アレンテージョの最南端アルガルヴェ Algarve の海岸を経由して船に乗ってモロッコのカサブランカまで行っても、違和感より居心地のよさが先立ったのもそのせいだろう。

カーザ・ド・アレンテージョは外見的には単に平凡な白色の低層建築物に過ぎない。一階には実際、両替商が入っている。しかし、長細い古い扉を抜けて入っていくと、中にはまったく異なる世界が隠されている。薄暗く狭い階段を上がると次第に光が視野に入ってきて、ほどなくまぶしいほどに明るいアラブ風のパティオが魔法のように登場する。パティオの中央には小さな噴水台が、廊下の入り口には涼しげに見えるケンチャヤシが、そして所々に精巧に彫刻された木製ベンチが見える。壁にはもちろんアラブ様式のタイルがいっぱいにはめ込まれている。

少し前までの建物の外の喧騒は嘘のようにもはや聞こえてこない。冷たい静寂に包まれて時間が止まってしまったかのようである。今度は、内部の建物中央の広い階段から上の階に上がってみる。天井のステンドグラスはバラ色、金色、青色など、相性が悪そうな色合いを使用しているにもかかわらず、一つにまとまって絶妙な感覚を醸し出している。イタリアの小説家でありフェルナンド・ペソアの研究者であるアントニオ・タブッキ Antonio Tabucchi は小説『レクイエム』でカーザ・ド・アレンテージョを「不調和の美が宿るところ」と表現したこともある。

上の階のもっとも大きい部屋は、昔、ダンスホールであった。重厚なガラス戸を開けて入ると、そこにはフレスコ画と十八世紀式の絵画がある。広いモザイク柄のフローリングは今はほこりで覆われている。ベルベット素材のカーテン、超大型シャンデリア、大きな鏡、肖像画、片隅に片付けられたテーブルと椅子なども目に入る。窓から斜めに差し込む日差しがこの巨大な空間を照らすとあたかも別の時空間に吸い込まれたかのような錯覚に襲われる。リスボンではこのように月日の厚みをそのままに残した、一時は多くの愛情を受けつつも今はいろいろな理由からそっと放置されている場所があちこちに目につく。放置されたからといって決して消滅したわけではない。私の目にも過去の幻影が浮かんでくる。ある時代、ここには数多くの女性と男性が集まり、踊りと音楽、お酒と煙草、興奮と笑い、そしてキスと抱擁が交わされたことだろう。ホールで踊りを踊る彼らのステップに合わせて視線をともに動かすテーブルに座った人々。彼らは葡萄酒のグラスで乾杯しつつ次第に酔っていく。酔って頬の赤くなった男性がぼんやり宙を見ているかと思うと、まなざしの潤んだ女性はお気に入りの男性が踊りを申し出てくれるのを待つ。かつて、ここには人々がいた。それぞれの感情を持った、たしかに生きた人々である。

もっとも大きい部屋の隣は、アレンテージョの郷土料理を出す食堂として用いられている。それほど広い部屋ではないが、ポルトガル大航海時代と中世をモチーフにした壁のアズレージョ（装飾タイル）は一瞬にして目を奪われるほどに美しい。すでに半分ほどが埋まったテーブルは、おもに団体で訪れた観光客用である。うるさくはないが旅行者特有の興奮が空気から伝わってくる。それと対照的なのがウェイターたちの態度である。きちんとした身なりで注文を受け、料理をてきぱきと運び、空いた皿を片付けるウェイターたちは、過去の時代からそっくりそのまま抜け出てきたようでもある。チップに頼らない自尊心と、この場所に対する誇りがあって、客たちに笑みを振りまいたり、言葉をむやみにかけてきたりはしない。だからといって気難しかったり、いばるというのでもない。ただ自分に与えられた仕事を黙々とこなすのみである。私はこんなふうに働く人たちにいつも好感を覚えずにはいられない。

廊下を挟んで反対側のきちんと閉まった戸の取っ手をそっと開くと、『レクイエム』にも登場する読書室がある。低めの本棚が四方の壁に沿って組まれており、その中に各種文献や古書がいっぱいに収められている。あまり使われない時期もあったであろうわびしげに置かれた木製の机と椅子を見ていると、アレンテージョの有閑階級の老紳士たちが清潔な服を身にまとい、ちょうど私の目の前のテーブルに向かい合って座り、チェスでもしているような錯覚を覚える。片眼鏡をかけて奥の古いソファに腰掛け、故郷アレンテージョで出た定期刊行物にじっくりと目を通す学究派の年配の人も見える。反対側の隅には真昼間から赤ワインをゆっくりと味わう老紳士もいる。お酒を美味しそうに飲む老人の幻影には、昨年の晩夏に他界した父が重なって見える。すでに顔を赤くして酔っているにもかかわらず、もう一杯飲むのだと、手でグラスを傾けるしぐさを何度も繰り返していた父の子どものように楽しげな姿。

＊

ポルトガル語圏の唯一のノーベル文学賞受賞作家であるジョゼ・サラマーゴ José Saramago を讃えるために作られたジョゼ・サラマーゴ財団が位置する建物は十六世紀に建てられ、カーザ・ドス・ビコス Casa dos Bicos という別称で呼ばれる。「くちばしの家」という意味で、前面がさきの尖った石で覆われていることからそう呼ばれる。私が訪れようとしていたリスボンの二番目のオリーブの木はその前に植えられており、前方に真っ青なテージョ川を見下ろすことができる。陽光を気持ちよく浴びるオリーブの木の下にはサラマーゴの遺灰が埋められている。

故人が生前に木の下で永眠することを希望し、樹齢百年を超すその大きなオリーブの木をサラマーゴの故郷であるアジニャーガ Azinhaga から植え替えた。故人の遺灰と、彼を讃える言葉を集めた本『サラマーゴに寄せて Words to Saramago』を一緒に埋め、最後に故人が住んだランサローテ Lanzarote 島の土をその上にかぶせた。墓碑銘（地面にプレート状で埋め込まれている）は『修道院回想録』の最後の文章による。

「この地の一部に属していたから、星へと昇りはしなかった」
Mas não subiu para as estrelas, se à terra pertencia.

サラマーゴを知ったのは『白の闇』を通じてであった。現代人たちの利己心と貪欲を批判する彼の小説の主題は、彼が左派であり、ポルトガルの独裁体制時代に政権を厳しく批判する立場をとった経歴と無関係ではないだろう。市民としての自我を重視して作家としての社会的特権を享受することを拒否した彼は、一方で自身の小説が政治的なプロパガンダに利用されることを強く警戒した。中に入ると、社会運動家兼作家として彼の活躍する姿を写した写真と赤で修正された跡のある肉筆原稿が興味深かったが、何より私の心を動かしたのは、頭に浮かんだアイデアや日課を思いつくままにメモした小さい手帳類である。

もう一階上がるとサラマーゴの全作品を販売する書店と小さな記念品店がある。作家がこの世に残すのは結局本であるということ、本というのは結局、その中の文章、そして言葉なのだという事実をあらためて確認する。

「死に立ち向かうことのできる唯一の方法は愛である」
Our only defense against death is love.

サラマーゴが残した多くの言葉のうち、ひときわ目立つ赤のエコバッグに英語で書かれたこの一文。私にはこの言葉の意味が理解できる。死を恐れない唯一の方法は私が愛しているという実感のみである。愛する心がなかったら、愛を信じられなかったら、あるいは愛よりももっと重要なものがこの世に存在すると思うのであれば、私たちは死の前でつねに敗者であり続けるだろう。愛は私たちをもっとも強くさせ、私たちの人生を意味あるものにしてくれる唯一の価値である。

＊

リスボン行きを決めてから真っ先に頭に浮かんだのは、リスボンに住んでいたときに父と親しかったソ・ジンファおじさんだった。父が二年間、リスボン大学に籍を置いていたころ、僑民は大使館職員家族を含めても五十人に満たなかった。そうした中で広く言えば同世代であり、アルコールをはじめ趣味のよく合うソ・ジンファおじさん夫婦と親しくなったのは自然なことであっただろう。最初の一年を留学生として単身で過ごす間、父は彼の家に住み込んだと言ってもいいほどに、食事の世話にもなり、一緒に遊び回ったという。翌年、私と母がリスボンに行ったあとも、ソ・ジンファおじさんの家族と親しく過ごしたのは言うまでもない。

ソ・ジンファおじさんの近況が気になった。まだリスボンにおられるだろうか？　それとも帰国されただろうか？　大使館の職員を通じて現地の韓人会長の連絡先を教えてもらい手伝ってもらえばおじさんの所在が分かるに違いない。その間、僑民の数はとてつもなく増えただろうが、ソ氏は珍しい姓なので何とか探し出すことができるだろう。もしも見つけるのが難しかったら、事情を説明して、ポルトガル駐在大使に手伝ってもらえるよう要請してみようかしら。あれこれと考えをめぐらせながら午後の数時間を過ごしたあと、夜も近くなってから私は心を落ち着かせてリスボンの駐ポルトガル韓国大使館のホームページをのぞいてみた。何回かクリックしたあと、私は目を大きく見開き、心臓が高鳴った。韓人会長の連絡先を検索しようと開いたページを見ると、韓人会運営陣の中の一人がまさにソ・ジンファおじさんだったのである。さらにはおじさんの電子メールのアドレスが、名前の隣に載っていた。懐かしさに胸がいっぱいになり、涙がこぼれそうになった。この余韻をもう少し感じていたくて、その場でメールを送るのをわざと避けた。急ぐことは何もなかった。寝床に入る前、私は洗濯物を干しながらしきりに口元をほころばせた。

明日の朝、リスボンのソ・ジンファおじさんにメールを送ろう。どれほどびっくりされるだろう。そう想像して一人で喜んだ。気さくなおじさんは、きっと遠い昔のあのちびっこからの連絡をとても喜んでくれることだろう、と。本当に、私は愚かであった。リスボンに行ったらおじさんにお目にかかりたい、と連絡することは、じつは「父が他界した」ということを必然的に伝えなければならないことでもあった。愚かにもしばらくしてそのことに気づき、私は洗濯物を干していた手を止め、床に座り込み、両手で顔を覆った。

翌日、午後の遅い時間に受け取った返信で、おじさんは私のことを「キョンソン嬢《ヤン》（「嬢」はおもに手紙等で未婚の女性に対して用いるやや丁寧な呼称）」と呼んだ。

「本当にお久しぶりです。連絡をもらって、昔、キョンソン嬢のお父さんと楽しく過ごしたことが思い出されます」

キョンソン嬢。明らかに不自然な呼称であるが、一方で私が大切にされ、当たり前のように可愛がってもらえる存在になったような気がした。

*

ソ・ジンファおじさんに三十六年ぶりに会いに行くところである。おじさんがおじいさんになったことより、十歳の少女が中年女性になったことが客観的に見てより驚くべき変化であることだろう。おじさんに会いたい一方で、父について聞きたいこともあった。私たちは思っているよりも自分の父母について知っていることは少ないものである。

父が他界したとき、父について私が知っている事実を些細なことまですべて一代記の形式で整理して墓の前で読み上げた。内容の中にはほかのきょうだいたちが知らなかったこともあった。子どもたちにとっても、それぞれに見てきた父母の姿は違うのである。しかし、そのとき、私の主観的な人物評はあえて付け加えることはしなかった。例えば、こういうふうなこと。

とてもハンサムである。ハンサムな父を持つということは妙な気分がするものである。あるときは親というより他人のようにも感じられた。再婚した義母はプロテスタントの伝道師として勧士（韓国系の教会で伝道と奉仕、信徒の世話などを担う職責）という肩書を持っており、毎週日曜日に教会に出かけたが、私は彼女が骨の髄まで無宗教であることを知っている。父は柔和で上品な性格であったが、ひっくり返して言えば自分ではいかなる決定も下さず、責任も負おうとしない弱さと優柔不断さがあった。やりたいことはそっとやってしまい、嫌なことからはのそのそと抜け出していく。行動原理が単純であると表現することもできる。わざわざ何か新しいことを学ぶという意志が薄弱である。出世に対する野心も、知的向上心も不足している。根気や克己からは距離が遠い。それでも生まれ持っての対象への着眼とその美を享受するロマンをあわせ持っている。親として彼は家族の前でいばるようなことはなかったが、父としてやさしい包容力があったり、大人として助言や応援をしたりということもなかった。プラスマイナスゼロ。言ってみれば子どもたちの人格形成に何ら介入はせず、何ら助けることもしなかった。その時代の父親たちはだいたいそんなものだったと言われればそれまでだが。

それでも、あたたかな記憶もときどきある。ブラジルのサンパウロで過ごした中学時代、母が行くなと止めた友だちの家でのダンスパーティーに、私と私の友だちを自ら進んで送迎してくれたこと。私が四回目の甲状腺がんの手術後、ホルモン薬をしばらくやめて辛い状態にあったとき、長期海外出張のため不在であった夫に代わり父だけが一人私の面倒をみてくれたこと。たとえ半日に過ぎなかったとしても、である。また、夫と出会って三週間にしてプロポーズを受け、結婚しようと思うと爆弾宣言をしたとき、ほかの家族たちが全員、私の愛する人にあれこれ理由をつけて反対する中、ただ父だけが夫に好意を持ち、心を開いてくれたこと。最後に心からありがたかったことは、ただの一度として子どもたちの前で母と喧嘩する姿を見せたことがないということ。それがどれほど大変なことなのかは、私がのちに結婚生活を営む中であらためて実感した。

父も自分自身についてずいぶんあとになってから知ったことがある。

祖父が九十三歳の年齢で他界したとき、彼は外務公務員として停年退職をしたばかりの六十代初老の男性であった。故人の遺品を整理する中で、彼は自分が幼児のときにイム氏夫婦の養子となった事実を知る。どんな感情や思いが彼の中を行き来したかは分からない。しかし彼は自分の意志と努力で地方に住む生母を探し出し、一人彼女に会いに行った。当初大きな衝撃に陥った生母の子らは彼の訪問を拒否した。世知辛い世の中であってみればありうることだろう。しかし、はじめは警戒していたその「きょうだい」たちも時間が経つにつれて、毎月少なくとも一回はあいさつに訪れる彼の真心に心が動かされた。ある日、彼は淡々と「告解（カトリック教会で自らの罪を告白し罪のゆるしを得ること）」を行うかのように、末娘である私に一連の話を車の中で聞かせてくれた。

「それで……実父はどんな方だったの？」

父はしばらく口をつぐんでいたが、静かに首を横に振った。

「……話してくれないね。姓がムン氏であることしか……」

父としてはとても気になる部分であり、今さら言えない理由もなさそうであるが、彼の母はほかの理由よりも父を護ろうとして伝えるのを控えたのではないか。母親の立場として私は想像してみる。子どもが真実を知りたいと願ったとしても、母親はその真実によって子どもが傷つくさまを見たくはない。世の中には知らずにいたほうがよいということもあるのだから。ただ、きょうだいたちとかなり気質が異なる私の遺伝子は、そちらの血縁から来たのではないかと、内心、漠然と思うことがある。

*

ソ・ジンファおじさんがホテルに迎えに来てくれるとのことで、ロビーの椅子に座って待つ。ホテルの正門の前に止まった黒の自動車を見て外に出ると、運転席から降りたおじさんがすぐに私に気づいて明るい笑みを見せながら私をいきなり抱いてくれる。何の説明も必要ない。

二十分あまりのドライブのあと、おじさんのマンションに到着して階段を上がっているとおばさんがすでにドアを開けて待ってくれている。

「おい、イム先生のところのキョンソンちゃんが到着したぞ！」

おじさんは大声でおばさんに声をかける。彼らの目には私はいつまでも十歳のキョンソンちゃんに見えるはずであった。あたたかく迎えてくれるおばさんも変わることなく闊達でチャーミングだった。台所のテーブルには久しぶりに見る韓国料理がテーブルいっぱいに準備されている。リスボンで韓国料理を作って食べることがどれほど煩わしいことか知っているだけに、おばさんにありがたく、申し訳なく思う一方で、まるで母が準備してくれた料理を食べるかのように感激し、嬉しかった。

私たちは毎日会っている人のように、食事をしながら会話が途切れることがなかった。昔の話を一つひとつ思い出の箱から取り出し、競争するように話しながらも、二人は話の合間あいまにお互い無邪気にふざけ合っている。二人が交わす相変わらずのやさしい視線と、はじけるように楽しげな言葉のやり取りを見ていると、おじさんは白髪のかつらをし、おばさんは特殊メイクで目元にしわを描いて、いたずらで年配者の役柄を演じているように思えてならない。二人も同様に、私の目には永遠に活気あふれる三十代夫婦なのである。少し前に腰の手術を受けて長く座っているのが辛いと、よいしょ、というかけ声とともに腰に手をやるおばさんを見ながら、私は内心「嘘だ！」と思う。

四十歳になったばかりの若かりし父はたしかに暇を持て余していた。

「皆で一緒にダンスクラブに遊びに行ったとき、イム先生が舞台に登場すると周りの人は場所を譲ったものよ。舞台で独り目立つものだから周りの人はそれに押されて彼のそばでは絶対に踊らなかった。歌もどんなにうまかったことか。あのときは、本当に毎晩遊び回っていたのよ」

おばさんの大きな瞳がその時代を映し出すようにきらきらと輝いた。

「だったら、父の立場としては母と私がリスボンに来たことがちょっと面倒じゃなかったでしょうか。好きなだけ遊ぶこともできないし。もしかしたら……母が不安になって監視のためにここまでやってきたんじゃないでしょうか？」

意地悪な表情で確信に満ちた口ぶりで尋ねてみたが、私の予想は見事に外れていた。

「違うわよ。遊ぶには遊んでも、お父さんがあまりに寂しいからと、さきにお母さんに来てほしいとお願いしたのよ。考えてもみてよ。男の一人暮らしがどれほどみすぼらしくて哀れに見えたことか……」

暇を持て余していたイム先生にも隠された表情があったようである。


なるほど、母と父がリスボン空港で再会したときの情景は今でもはっきりと記憶に残っている。すぐ目の前で男女が抱き合ってキスをするのを生まれて初めて見たのだから。キスは金髪の外国人がするものと思っていたし、いわんやほかの誰でもない自分の父母のそうした場面を見たことは充分に衝撃的であった。「過去」の父についての話をしながら大笑いしていても「しばらく前」の父についての話は避けることができず、そうなると、笑っていた表情が突然に涙に変わってしまうのはどうしようもなかった。それでもすでに大いに笑い合う時間を持てたので心の中のしこりが小さくなっている。おばさんとおじさんを静かに見ているだけでも私は慰められる気がした。

一つ不思議であったのは、私にほかのきょうだいがいることを二人が知らずにいたという事実である。

「あんなに親しかったのに、ご存じなかったなんてありうるのでしょうか？」

いくら私だけをここに連れてきたとしても、である。

「いや、本当に知らなかった。一度も話したことはなかったね。当然、子どもはキョンソンちゃん一人だと思っていたよ」

その話を聞いていて、ふとリスボン大学の長い夏休みが始まったとき、家族三人で一か月近く自動車に乗ってヨーロッパ旅行をしたことが不思議に感じられた。ソウルに置いてきた二人の子どものことを思い出さなかったのだろうか。彼らにすまなくはなかったのだろうか。旅費のことがあって、ソウルに一時帰国したりとか上の二人の子どもをリスボンに呼んだりということを考えられなかったのだろうか。当時は航空料金が今よりはるかに高かったから簡単ではなかったろうが、それでも三人だけで悠々自適に旅行に出かけるという決定は、一般的な韓国の親の考え方ではなかった。いや、もしかしたら、彼らは一年間、しばらくの間だけ、一般的な韓国の親の役割を果敢にボイコットしたのではなかったろうか。あたかも明日というもののない人たちのように。

四十歳前後の若かりし母と父が、リスボンでどんな気持ちだったかを想像してみる。もしかしたら彼らは韓国に帰りたくなかったのかもしれない。子どもたちの教育のことや、老父母の世話の問題から離れて、もう少しだけ自由と若さの猶予期間を享受したかったのかもしれない。もちろん、彼らはそうした気持ちを表には出さなかったはずである。しかし、今の私よりも若かったそのころの母と父のそうした通常許されないであろう心情を、人間的な憐れみをもって、私はあえて理解できると、そうしても構わないのだと、慰めてあげたい。

Day5　私たちが輝いていたころ

Sunday, January 6th

人間が状況に対して自分が記憶したいように記憶するということは、単にジュリアン・バーンズの小説『終わりの感覚』の中での話に限らず、私たちの日常でいくらでも起きることである。リスボンに着いた次の日の日記にも書いたが、最近気づいた錯覚は、リスボンに海辺があったと記憶していたことである。それが海ではなく「海のように見える川」であることを知ったときは、ひどく当惑した。過去を記憶する人間の脳というものは、これほどに不確実である。

「夏の日には母と手をつないで毎日リスボンの海辺に行って時間を送った。ビーチタオル以外にはこれと言って準備するものもなかった。私の十歳の体は日ごと成長していた。(……)砂は粒子が細やかで美しく、絹のように滑らかだった。日差しは柔らかく包み込むようにちょうどいい暑さだった。海水はいつも少しばかり生ぬるかった。どうしてあんなにもすべてのものが私の体に合っていたのだろうか。(……)少しずつ荒くなってくる波の音に全神経を集中した。明日もどうかここに来ることができますように。私は祈った」(『私という

女性』、心の散策社［韓国］、二〇一三、十八〜十九頁）

学校の正規授業が午後早くに終わると、両親は私をひったくるようにして海へと連れ出した。父の中古のプジョーの後部座席で窓を半分くらい開けて額を少し出したまま海岸道路を走った。あたたかな海風がくすぐるように額を通り過ぎていくうちに疲れた私はいつの間にかこくりこくりと眠りそうになったが、あいにく自動車はいつもそれくらいになると目的地に到着していた。母が大きなビーチタオルで私を隠してくれ、ぼうっとした状態のままその中でされるがまま水着に着替えたが、浅い眠りから覚めたいら立ちとまだ残る睡魔も冷たい海に入るとすぐに吹き飛んでしまった。私が十歳の夏を送った記憶の中の「リスボンの海辺」は一体どこだろうか。やむなく私一人、記憶の中のパズルのかけらを取り出して合わせてみるしかない。

＊リスボンから自動車で一時間以内の距離であった。
（私の感覚ではそれほど遠くは感じられなかった）
＊砂がまるで粉のように柔らかだった。足の裏がまったく痛くなかった。
＊大きめの岩場がまばらにあった。
＊波が荒々しかった。
＊真夏なのに海水が冷たかった。

* 海辺は平地ではなかった。怖がりの私は母の手をしっかりとつかんで、砂浜の坂をゆっくりと注意深く下った。
* こぢんまりした規模で静かな雰囲気であった。

リスボン近郊の海辺を検索してみると、カスカイス Cascais とエストリル Estoril という地名が引っかかり、その中でエストリルという言葉が目を引いた。そう、私はここを知っている。さいわい、エストリルで知られている海辺はタマリス海岸 Praia do Tamariz ぐらいであった。おそらく、私が海で泳ぐことの喜びを知ったのもここだったのだろう。しかし疑問点もあった。いざタマリス海岸についての説明を読んでみると私の記憶の中の海辺と少し違うように思われた。小麦粉のように滑らかな砂は記憶のままであったが、波がほとんどなく穏やかで、家族連れが安全に楽しむのに適しているという紹介が続いていたのである。力が抜けた。それは全然褒めるようなことじゃない。波がなかったり穏やかだったりするのは、それは海と言えるのだろうか。湖じゃないか。ザバーンという大きな音とともにビールの泡のような波にころがるように体を押されてこそ海ではないか。あるいは、私は昼よりも荒々しい夕暮れの海を記憶しているのだろうか。もしかしたら、私が行ったのは別の海岸だったのだろうか。問題は、カスカイス（エストリル地区もカスカイス市に含まれる）にはあまりに多くのビーチがあるということだ。

＊ライーニャ海岸　Praia da Rainha
＊コンセイサン海岸　Praia da Conceição
＊ギンショ海岸　Praia do Guincho
＊リベイラ海岸　Praia da Ribeira
＊ドゥケーザ海岸　Praia da Duquesa
＊クレスミナ海岸　Praia da Cresmina
＊モイタス海岸　Praia das Moitas
＊アバノ海岸　Praia do Abano
＊アリバ海岸　Praia da Arriba
＊アザルジーニャ海岸　Praia da Azarujinha

ため息が出る。仕方がないので消去法によって類推してみるしかない。まず、砂浜があまりない上に波が穏やかであまりきれいではないということでリベイラ海岸を除外。波は荒いが風が強く吹き、狭く、周りに施設が何もないクレスミナ海岸、除外。岩などが一つもなく直線でまっすぐ延びたコンセイサン海岸、除外。近くに下水管があり、海水の清潔度が疑わしく町の不良たちが出没するというドゥケーザ海岸、除外。波がほとんどないに等しいモイタス海岸、除外。カスカイスの中心からバスでかなり行かなければならなかったり、公共交通機関がなかったり、もとより人が少ないというアバノ海岸、アリバ海岸、さらにはエストリル地区でタマリス海岸より東に位置するアザルジーニャ海岸も除外。

ビーチ鑑定士のようなことをしばらくやると、何か所かに絞られた。エストリルでは何はともあれタマリス海岸に行くことにする。カスカイスとなると、とくにどの条件にも引っかからない、ライーニャ海岸と荒い波が有名なギンショ海岸が残った。ライーニャ海岸はカスカイス駅のすぐ近くであるが、ギンショ海岸はカスカイスの端の方にあってかなり離れており、自転車を借りて乗るとしても最低三十分はかかる。えい、三つとも回ってしまえ、と心に決めてしばらくビーチのことを忘れていた。昨晩、ソ・ジンファおじさんが食後にホテルまで送ってくれて明日はどんな予定があるのかと聞いてくれるまでは。本当に間が抜けている。間違いなく一緒に海にもよく遊びに行ったはずなのに、なぜ私はおじさんに尋ねてみることを思いつかず、一人で考え込んでいたのだろう。

「あのころ、私たちが海辺に遊びに行ったとすれば、大きなカジノの前にあるエストリルの海岸だろうし、もしもバーベキューもしたなら、カスカイスのギンショ海岸だと思うよ。最近はバーベキューができなくなっているけれど、当時はバーベキューをよくしていたころでおそらく両方とも行ったと思うよ」

おじさんの答えを聞いて、胸がハッカ飴を食べたときのようにすっきりとした。

＊

カイス・ド・ソドレ Cais do Sodré 駅の切符売り場で列に並んでカスカイス線の列車の切符を買う。約二十分に一本ずつ来る近距離列車なのであらかじめ予約しておく必要はない。駅舎のスーパーマーケットでラズベリー、ブルーベリー、桑の実、イチゴが入ったフルーツカップとジュースを買って出発五分前に列車に乗る。進行方向の左側の席に座れば海辺を見ることができると聞いて、それに従うことにする。日曜日なので列車の中は子ども連れの家族たちでいっぱいである。駅を出発して十分ほどは郊外の平べったいオフィスビル、マンションが見えるばかりであったが、しばらくすると左側の窓に椰子の木と大西洋の海が広がる。そして、出発してからたった四十分ほどでエストリル駅に到着する。駅で降りて短い地下歩道を通り、反対側に行くとそのすぐさきがタマリス海岸である。

日差しが海をきらきらと照らし、心地よい波の音が耳元に絶え間なく響く。海風はこの上なく爽快で、砂はふんわりと柔らかい。あらかじめ検索して調べてきたのとは異なり、タマリス海岸の波はさほど荒くはないにしても充分に楽しめるものであった。ここに来たことがあることを、私は体で確実に認知する。私はこの海のにおいを正確に記憶している。点在する岩場、そしてそこにある苔と海藻の感触も。ユンソはいつの間にか海に向かって走り出している。注意深く海水に足を伸ばしているふりをしているが、私はこの子がわざと運動靴を海水に濡らしたことを知っている。お母さん、お母さん、お母さん、私、靴下まで濡れちゃったよ。運動靴に砂が入ったよ。海で洗わなきゃ、と嬉しげに声をあげるのがずっと向こうから聞こえてくる。裸足で海に入ると足にすぐに砂がつくだろうし、砂のついた足を海水で洗ったところですぐに砂まみれになってむしろ汚れてしまうだろうということをユンソも私も二人ともよく分かっている。しかし、もちろん私は、そうなの、分かったよ、と答える。海にどれほど入りたいことだろう。私もそうだったのだからあなたの気持ちは分かる。そして濡れたからと、汚れたからとどうだと言うのだろう。日差しがこんなにも暖かく柔らかなのに。幼少時代の海はもともと色白だった私の肌を小麦色に焼けさせたものである。昔の写真をあれこれ見てみると、日焼けしているのはこの当時だけである。紫外線遮断だとか、何だとか、何も考えず、皮膚の皮が夏の間、何回もむけていた時代。

＊

エストリル・カジノの広々とした椰子の木の庭園の前で、タマリスの海水にびっしょりと濡れたユンソの運動靴と靴下を日光にあててしばらく乾かし、パラシオ・エストリル・ホテル Palácio Estoril Hotel へとゆっくりと移動する。清潔なトイレで運動靴についた砂もちゃんと落とし、くつろげるところで昼食もとりたい。雲一点なく暖かい天気である。夏だと言われても信じられそうなほどである。

実際のところ、エストリルで有名なのは、海岸よりもヨーロッパ最大のカジノと由緒あるパラシオ・エストリル・ホテルである。背が高く若いドアマンが迎えてくれるロビーに入ると、あたかもこのホテルが営業を開始した一九三〇年代へと足を踏み入れたような気がする。第二次世界大戦中にはポルトガルが比較的安全であり、中立的な国であったため、各国の王族や富豪、セレブリティたちがここに集まった。当時、スパイとして活躍していた007シリーズの作家イアン・フレミングは、このホテルに長期滞在しながら『カジノ・ロワイヤル』の着想を得た。一九六九年の映画『女王陛下の007』ではロケ地となったこともあった。果たして、ホテル左側の狭くて長い廊下を歩いてみると両側の壁にここに泊まった王族と貴族、有名人たちの写真と署名がいっぱいにかけられている。私は一九四一年五月の宿泊簿に記されたイギリス人作家イアン・フレミングの署名をじっと見つめながら、時間というものの厚みをぼんやりと考えてみる。

ホテルのメインレストランであるグリル・フォーシーズンズ Grill Four Seasons に昼食の予約をしようとしたが、閑散期であるため二月中旬までは閉まっていて、プールの隣に位置したブーゲンビリア・テラス Bougainvillea Terrace に案内された。「ブーゲンビリア・テラス」という名前は窓際にブーゲンビリアがたくさん咲いていることからつけられた。ブーゲンビリアが好きな私としては、この代案はまったく悪いものではない。ビーチリゾートはどうしても冬が閑散期なので、営業規模を大幅に縮小することが多いということは理解しておくべきだろう。隣町のカスカイスの人気に相対的に押されているせいもあるだろうが、それでも完全に休業をしているわけではないので残念というほどのことはない。さらに言えば、私は閑散期のある種独特の感じがとても好きである。繁忙期の活気もいいが、閑散期のホテル職員たちの若干緊張の緩んだ感じもいいし、ひとときの華麗な時間と栄光が色褪せたようなどこかわびしいところも切なくていい。長い夏のバカンスや春と秋の観光シーズンを終えると、よその人たちはもとの場所へと帰っていく。そのよその人たちの応対をするために繁忙期に集まった人たちもふたたびそれぞれの場所へと戻っていく。ずっとここを守り続ける人たちだけが残り、気楽な一方でうら寂しい雰囲気も漂う。演劇の舞台から降りてきてメイクを落とした俳優の素顔のように。

少なくとも三十年はここに勤務したのではないかと思われる若く見積もっても五十代半ばか後半のウェイター三人がブーゲンビリア・テラスの入り口で私たちをやさしく迎えてくれる。三人とも英語が流暢で、大柄な体つきに、おなかは山のように出ている。白のジャケットにワイシャツ、黒のズボンに白い前掛け、お揃いの薄いピンクのネクタイを締めた彼らはまるで何としても私たちに美味しいものを食べさせて、太らせたがっている童話の中の妖精たちのように見える。さっきホテルのロビーとラウンジを通って歩いてくるとき、ほかの客はせいぜい二、三人を見かけただけであるが、この食堂でも私たちのほかに客がいるのが一テーブルだけであるところを見ると、なるほど閑散期であることを実感する。もう一月の初めなのに、クリスマスキャロルのメドレーがＢＧＭとして流れてくる。ソウルであれば客の苦情が来る前に支配人が曲を変えただろうが、こうやってゆっくりと時間と付き合うこと、あるいはしばらくの間そのままにしておく姿勢は、週末に自然と目が覚めるまで存分にゆっくりと寝るのを許すのと同じように、もう少しだけ幸福になるための知恵なのかもしれない。

メニューをじっくり見ている間に、食前のパン、魚のパテ、バター、オリーブオイルなどのクヴェール・セットをテーブルに持ってきてくれる。昼食としてまずは生姜を添えたにんじんスープを二人で分けることとし、ユンソは貝のリングイネ、私はマッシュドポテトとほうれん草を添えた鯛の煮つけを勧められて注文する。ウェイターたちは丁重でありつつも威厳ぶるようなことはなく、親近感がありつつも一線を越えることはない。客の年齢層に合わせて接客の仕方が微妙に異なっており、自分たちがどのような応対をしなければならないか正確に知っているようであった。こうしたことは長い時間をかけて積んだ経験によってのみ体得されるものだろう。ウェイターたちが漂わせる全般的な雰囲気を一言で表現すると「余裕」である。長年の経験を持つだけにぴりぴりとした空気もなく自分の役割をこなし、順々と次の料理を運んでくるときのみ、つかの間の「職業としてのウェイター」を演じる。そうして、彼らはあたかも東方の三博士（新約聖書に登場する人物）のように適当な距離を置いてそっと私たち母娘が昼食をとる姿を見守っている。どこかそっと憐れみのような感情も持ちながら。

なるほど、彼らからしてみると、私たち母娘の来店はかなり唐突な感があり、また不思議な客だろう。遠い東洋の国からやってきて、ビーチで泳ぐこともできないこの閑散期に、宿泊するわけでもなく、カジノをしに来たのでもなく、わざわざエストリルまで来て黙って遅めの昼食をとっている二人。観光でやってきたような浮ついた気分やときめきのようなものも感じられず、どのような事情があってこの時季にこんな遠くまで来たのか彼らにとって気になりそうではある。眼鏡をかけた恥ずかしがり屋のあの女の子にはお父さんがいるのだろうか。離婚して二人で暮らしているのだろうか。あるいはお父さんを早くに亡くしたのではなかろうか。ほら、見てみるんだ、母と娘の雰囲気が何だか妙に沈み込んでいるじゃないか。もちろん、彼らは由緒あるホテルで働くプライドを持つプロたちであるだけに、そうした私的な質問をすることはない。しかし、視線ににじむような好奇心を隠すことができない。いいえ、この子のお父さんは、その……あのですね、今ごろリビングのテーブルの椅子であぐらをかいて、コロンビアの麻薬商が登場するネットフリックスのドラマを観ながら、夜食に「ノグリ（たぬき）ラーメン」をフーフーと息を吹きかけながら食べているところだと思いますよ。視線が合うと、私は黙って軽く笑みを浮かべる。

＊

食事をしながら心の片隅に置いていたもう一つの閑散期のホテルを思い出す。がん闘病中の母が外の風にあたりたいと言って、父と一緒に外出したときのことだ。忠清道《チュンチョンド》地域のある温泉に行くまでの間、父が運転をし、私は後部座席で母の世話をした。家族旅行のリゾート地として知られたところだったが、それは過去の話、すでにそこはさびれつつあった。ソウルから比較的近くて温泉があり、しかしあまり混むと母が体力的に辛いかと思ってそれなりに考えて選んだ旅行先だった。それでもいざ到着してみると、活気のまったく感じられないその温泉町一帯を見ながら後悔した。気分転換をしてもらうつもりで連れてきたのに、混むのを避けるあまり寂しすぎるところに来てしまったようだった。冬になったばかりだからお客さんがほとんどいないみたいね、と、努めて明るい表情を作った。ただ、宿として予約していたその町を代表する温泉ホテルは規模が大きく清潔なのがさいわいであった。ここもまた、何人かの職員を除けば、人の気配をほとんど感じられなかった。

チェックインをして、体調が比較的ましな午後の早い時間に母を連れて赤紫色のカーペットが敷かれた長い廊下を通り、温泉へと向かった。私がお手洗いに寄っている間、母は自分はさきに風呂に入っていると言った。遅れて脱衣所から湯気の立ち上る大浴場の戸を開けた。広い大浴場の真ん中あたりに母が一人座り、体を洗っていた。近づくほどに母の後ろ姿に私の胸の鼓動が高くなった。あまりに痩せて背骨がそのままに浮かびあがり、背中と頭部の大きさがさほど変わらないようにも見えた。帽子で隠していた髪の毛の抜け落ちた頭には髪の毛がまばらに生えかけていた。私はプラスチックの椅子を持ってきて、何も言わずに母の隣に座った。

「キョンソン、お母さん、気持ち悪いでしょう?」

母は私のほうに顔を向けもせずに淡々と言った。つねに自分のことをきちんと管理してきた母は、何やら私に自分の体を見られたくないようであった。さきの考えを改めた。いっそほかの客がいないほうが母にはよいのかもしれない。

「どうして……。そんなことないよ……お母さん、背中を軽く流そうか?」

母娘で一緒に風呂に入ったことなど何回もなかったが、ただの一度も背中を流してほしいと言ったことのない母であった。今回は母が首をたてに振った。柔らかい材質のタオルで骨しか残っていない背中をそっと石鹸で洗った。痛くない? もっと弱めに洗おうか? そう尋ねると、それぐらいなら大丈夫と言った。体の調子が悪いと、お風呂どころか他人の手が自分の体に触れることすら辛いものなのに、母が久しぶりにすっきりしているようで気分がよかった。

しかし、それは私のとんでもない錯覚であった。温泉の湯はどうしても一般のお湯よりも成分が強い。母は温泉からあがったあと、力が尽きて夕方まで苦痛に表情が歪んでいた。

閑散期なのでホテルで食べるものもろくになく、仕方なく町の中心部に車を走らせた。父は運転しながら食堂の看板に目をやり、母の様子もうかがっていた。

「おい、ここはどうだい？　山菜定食とどんぐりムク（どんぐり粉を水に溶き、煮つめて固めたもの）を食べようか？」

母が顔をしかめると、父はすぐに車を別のところに向けた。じゃ、ここは？　母が不機嫌そうな表情をして意思表示をした。また左に回ってUターンをする。

「あそこは清潔そうに見えるけど？」

父が辛抱づよく微笑みながら母に尋ねる。

「私が食べられるもの、ないじゃない……」

ひときわいらついた口調で、そのときになってようやく母が口を開いた。そうやって母はさらに二、三か所を嫌だと言って、父はそのたびに車のハンドルを左右に動かした。車内の雰囲気が深い憂鬱に完全に包まれてしまう直前、母は最初に行った山菜定食とどんぐりムクの店を指さした。やっと落ち着いたと思ったところだったが、店に入ってみると床に座布団を敷いた席しかなく、座布団を二重三重に敷いても母は尻が痛いと食事をしながらずっと表情を歪め、かろうじて何口かだけ口にしてさじを置いた。座布団を可能な限り一か所に多く重ねて母が寄りかかることができるようにしたあと、父と私はあたふたと料理を口の中にかき込んだ。店の主人のおばさんは私たちを見やりながら、そんなに急いで食べると腹を壊しますよと気まずそうな口ぶりで言った。あたかも母がもう少し我慢してくれれば、もう少しだけわがままでなかったら、父と私が気分よく味を楽しんで食事ができたかのように。とんでもない。私も自分が病気になったことがあるから分かる。母は忍耐がとても強い人で、あのとき母は本当に、本当に、私たちの前で最善を尽くしたということを。そして、この旅行は母との最後の旅行となった。

*

食事のあと、私たちはほかにも行くべきところがあった。パラシオ・エストリル・ホテルのベルボーイがコールタクシーを呼んでこの淑女二名をギンショ海岸までよろしく頼むと言ってくれた。「ファビオ」という名前のタクシー運転手は、あたかも兄嫁と姪っ子を連れて海岸へと向かう叔父のように、慎重かつ心強いドライバーの役割を果たしてくれた。三十代初めか半ばあたりに見える彼は、濃い茶色の天然パーマの髪に端正な黒ぶち眼鏡をかけていた。ファビオは会社に電話をかけ、本来の運転範囲であるエストリルを出てギンショ海岸に行ってそのまま私たちをリスボンまで送ってから早引けすると上司に報告をし、気が楽になったようであった。

ファビオに尋ねた。幼いころに水遊びをしていたところの一つがおそらくギンショ海岸だと思うと告げ、今こうやって向かってはいるけれども……行くだけの価値があるところなのかと。カスカイスにあるほかの海岸もいいのではないかと。いささか疲れもし、何やら一日の間に多く回りすぎるのではないか、いざ行ってみたところで失望してしまうのではないかと、行く前から心配になったのである。しかし、黙って安全運転に集中していたファビオは生気あふれる表情で目を輝かせながら言った。

「いいえ、ギンショは最高です。あんなにきれいなところはいくら探してもありません」

ポルトガル人たちは人見知りするほうであるが、一度言葉を交わすとこの上なく親切である。私の落ち着かない気持ちや心配を察して、彼は気を遣いながら安心させるように自分の知っていることを伝えようと努力してくれる。運転をする姿を見ているだけでも彼が出まかせを言うような人ではないことが分かっていたので、彼の言葉に安心する。


ギンショ海岸に着くまで、タクシーはしばらく似たような風景の中を走った。顔を左に向けて窓の外をぼんやりと見ているユンソの横顔を見る。昔の私も車の後部座席に座って、一人窓の外を見ながら時間が永遠なものであるかのように感じていた。ユンソの特徴であるぽっちゃりとした頬ややや突き出た後頭部を見ていると、幼いときの私を見ているような錯覚に陥る。この子を最後まで愛し、守ってやりたいと思う。ユンソは今度の旅行でかなり成熟した姿を見せてくれたが、一方で相変わらず幼いという思いを拭い去ることはできない。まだ、私が世話をして守ってやらなければならない子どもである。しかし父母は子どもの人生を最後まで見守ってやることはできない。

とりとめもない感傷に浸りながらの連想をそっと断ち切ってくれたのはファビオであった。

「もうすぐですよ。あそこがギンショ海岸です。それから反対側に高い山が見えるでしょう？　昨年、大きな火事があって真っ黒になったんです。こちら側の一部だけに緑が残っています。残念なことです」

窓越しに山を見渡しているとファビオは駐車する空間を探している。しかし、ギンショ海岸へと続く坂道は週末のため遊びに来たほかの車ですでにいっぱいであった。ファビオは少しの間考えていたかと思うと、体を後部座席に回して言う。

「私は向こうに駐車して待つことにして、戻って来られるのが見えたら、ここに戻ってきます。あそこの前でまた会うことにしましょう」

「分かりました。でも、長くはかからないと思います。十分から十五分ほど？　できるだけ早く見てくるようにします。メーターはそのままあげておいてください。それとも今さきにタクシー代を支払ったほうがいいでしょうか」

気持ちがはやっている私は言葉が普段より早くなっていた。ファビオはそんな私の姿を見るとにっこりと柔らかい笑顔を見せる。

「セニョーラ、お気になさらずに。お好きなだけ海岸で充分に時間をおとりください。私も今日は休み休みやろうと思っているんですよ」

世の中の一部の人たちは、利益や損失に気を遣うこともなく生きているようである。ある人はそうした性格に対して愚かだとでもいうのだろうが、私は今、そうしたやさしい心の広さを何よりも必要としているのである。

ギンショ海岸には、下り坂のはるか遠くから見ても人間の魂に強く訴えかけ、心を揺さぶる何かがある。本能的で原初的な自然そのままの海岸である。見ているだけでも胸が高鳴る。一直線に気持ちよく延びる海岸線に沿って、何人ものサーファーたちが荒々しい波に乗っている。さすがWSLチャンピオンシップツアーを開催したというだけのことはある。海はやっぱり波なのだ！　誰が何と言っても、波の荒い海が本当の海なのである。こんな海岸を日常的にそばにして暮らす人たちの人生に、海はどんな作用を及ぼすのだろうか。

砂浜への降り口では岩場の合間あいまに初めて見る野生の花と多肉植物らが迎えてくれる。砂がとても深く粒子が細かいので、まるで体の曲線のままにふんわりとうずもれるテンピュールのマットレスの上をそろそろと歩いている気分である。空は相変わらずうららかで、波が日差しによってまぶしいほどにきらきらと輝く。家族や恋人たち、親しい人たちが砂浜のあちこちにピクニックマットを敷いて休んでおり、大きめの犬、あるいは子犬たちも主人に連れられて海辺を気分よさげに散歩している。天国というものがあれば、まさにこんな様子なのだろう。ようやく視線が海と水平になるところまで下りてくる。ユンソはエストリルのタマリス海岸でそうであったように、つないでいた私の手をいつの間にか放して何も言わずにタタタタと波に向かって走っている。今、時刻は午後四時二十分。海の上の空は青と薄黄色が混ざり、一時間後の日没を準備し始めている。その様子をじっと立って見ていると、気だるい疲労感のせいか、体の中心から若干の熱が感じられる。そんなことはお構いなしに、すでにズボンをまくり上げて膝のところまで海に入ってしまったユンソは、声を張りあげて私を呼び、自分が海で遊んでいる姿をちゃんと見てと言わんばかりに大騒ぎである。子犬や子どもたちは、どうしてあんなにも海を見て大喜びするのだろう。海の何が彼らをそれほどまでに理由もなく駆け出させるのだろう。どうして波と飽きることもなくいつまでもたわむれ続けることができるのだろう。ただ不思議で驚くばかりである。ウサギのような前歯を気にしてなかなか笑おうとせず、ほとんどの場合、無表情であったあのころの十歳の子も、この海で遊ぶときだけはいつも大きな口を開けて、思いきり笑っていた。

今、その子が私の前に見える。海に入って気持ちがすっかり高揚して、不細工な顔をくしゃくしゃにしながら、ずっと笑い続けているあなた。ろくに泳げもしないくせにやたらと深いところに行きたがるあなた。人見知りで容易に心を開くことはないのに、大きな音を立てる荒々しい波には体も心もすべてを任せてしまうあなた。あなたという子は本当に疲れるということを知らない。あなたは活気あふれる子だった。そう、幼いときに存分に遊んでこそ、大人になっても一生懸命に生きていけるものだよ。私はいつの間にかその子と一人で対話していた。

「お母さん、何してるのよ！」

遠くからもう一度、私を呼ぶユンソの声が聞こえ、その子がまたたく間に私の前から消えてしまう。今は同じ風景をまったく異なる角度から見ているだろうが、いつかは私の幸福な記憶が娘にも引き継がれることを願う。いつの間にか夕日が空に映え始める。ユンソが向こうからこちらに走ってくる。母親を置いて一人で行ってしまったかと思ったら、何事もなかったかのように、すぐにまたそばにぴったりとくっついている。

二人で手をつないでもう少しだけ海辺を歩いてみることにする。考えてみると、私たちはこの海でお互いを普段よりも少し長く見ていたようでもある。私は海の少しにがいような空気を深く吸い込みながら、私という人間が形成されるのに、その一部となっているこの波と風について考えてみる。私にいくばくか楽天的なところが残っているとすれば、それはすべてリスボンの日差しと海のおかげであると思う。

すべてのものにただ感謝したい。

Day6　繊細で美しいものを思う

Monday, January 7th

昨日、海に行ってきて疲れたのか、ユンソは十時過ぎに目を覚ます。第一声が「おなかすいた」である。おなかがすいて目が覚めたのね、ユンソ。身軽な服装でホテルを出る。新鮮な空気を吸いながら十五分ほど歩いて、昨日、列車に乗ったカイス・ド・ソドレ駅の向かい側に位置するメルカド・ダ・リベイラ Mercado da Ribeira に向かう。「川辺の市場」という意味で、一八九二年から新鮮な果物と野菜、魚と花などを販売してきた半球型《ドーム》の屋根を持つ広い在来市場である。二〇一四年、多少時代遅れの感があったここに大きな変化が起きた。長い歴史を持つ既存の在来市場を半分ほど残し、残りの半分の空間にポルトガルでもっとも注目を集める飲食ブランドを誘致してフードコートに変身させたのである。その革新的なプロジェクトに取り組んだのは、世界の主要都市の最新トレンドと情報を扱う『タイムアウト（Time Out）』ポルトガル支社であった。『タイムアウト』ポルトガル編集陣は繊細な鑑識眼で斬新なアイデアと実力を持つ店を募った。編集陣と当該業界の専門家たちのチェックをパスすれば短かくて一週間、長くて三年間の出店が許可された。選抜を経て二十四店のレストラン、八店のバー、十店あまりの雑貨商らがここの在来市場に入り「タイムアウト・マーケット・リスボア「Time Out Market Lisboa」が誕生した。

トレンディーなタウン情報誌と在来市場。一見、相性が悪そうだが、よく考えてみるとそれなりに一理ある組み合わせである。昔ながらの在来市場と最新のトレンドを反映した人気レストランはいまや互いを補完し合う存在である。外見は異なっても、一つ屋根の下、最高のものを集めたという自負心を共有し合っている。客の立場から見ても歓迎である。有名なシェフたちの運営する店で比較的安い価格で食事することができ、リスボン市民であれば帰宅の途中に立ち寄って新鮮な食材や花を買って帰ることもできる。この実験的な合併モデルの成功はほかのヨーロッパの都市でベンチマーキングの対象となっているというのだから、何やら私まで嬉しくなる。

空腹をしばらく我慢して、在来市場をまず回ってみる。在来市場が楽しいのは特有の活気のせいでもあるが、旅行先の当地で生産される野菜や果物が多彩だからでもある。ユンソの腕ほどの太さのねぎがあるかと思うと、韓国ではなかなかお目にかかれない小ぶりのリンゴとサクランボ、そして妙に中毒性のあるパパイヤがあり、それらを見ているとおのずと楽しくなる。ポルトガルを代表する食材・バカリャウを専門に扱う店も一見の価値がある。在来市場側を見物し終わって、にぎやかな声が聞こえてくるタイムアウト・マーケット・リスボアへと行く。周囲にずらりと並ぶお店を一つひとつ丁寧に回り、私たちは一九八二年に開店したステーキ店、カフェ・デ・サン・ベント Café de São Bento の有名なステーキとほうれん草ペースト、ジャスミンライスを二人で食べる。デザートにはマンテイガリア Manteigaria の焼きたてのナタ Nata（エッグタルト）を注文する。小さな箱に二個ずつ入っており、歩きながら食べることができる。

＊

今日は五日間宿泊したホテル・ダ・バイシャをチェックアウトする日である。エレベーターに乗ってロビーへと降りると、フロントデスクにはいつも三人の職員が常駐している。私自身ができて間もない洗練されたブティックホテルに勤務したことがあるせいか、多少気取ったふうで気だるげに澄まし込む彼らの言葉遣いや身のこなしを見ることは、ここに宿泊する間、私の密かな楽しみになっていて、何やら名残惜しい。精算をしたあと、彼らのうち私と電子メールでやり取りしたアンドレアに尋ねた。

「記念に皆さんの写真を撮ってもいいでしょうか？」

思いのほかあっさりと承諾してくれて、彼らはおしゃべりをぴたりとやめ、マックのノートパソコンをのぞき込み、受話器を耳にあてるなど、突然に「熱心に働く」ポーズをしてくれた。さすがヒップスターである。

プリンシペ・レアル Principe Real 地区にある次の宿は「一八六九・プリンシペ・レアル」

である。ここはB&B方式（宿泊と朝食をセットにした簡素な宿）で手の込んだ自家製の朝食を出してくれる客室十室未満の静かでこぢんまりした宿である。リスボンをふたたび訪れる前に何冊もの本を見ながら私が一番来たかったところがプリンシペ・レアルであった。市内の真ん中にあるのでもなく、観光地域でもない。強いて言えば、落ち着きと自由な雰囲気が共存する住宅街と言える。まず、その中心に美しく気品に満ちたプリンシペ・レアル公園 Jardim do Príncipe Real があり、その向かい側に新ムーア風の宮殿様式であるエンバイシャーダ EmbaiXada 百貨店がある。あちこちの路地には店主の高雅な趣味をうかがわせる骨董品店や個性的な現地デザイナーの洋装店、テーブルがいくつもない、狭いながらも美味しい料理店もある。

タクシーを降りると落ち着いた色調の赤煉瓦と入り口の扉、白で縁どられた窓が見え、横に「1869 PRINCIPE REAL BED & BREAKFAST」と刻まれた銅製パネルがかけられている。「1869」は建物が建てられた年とのこと。ブザーを押すと茶褐色の髪のマネジャー、フランシスコが迎えてくれ、重いキャリーケースを持ってくれる。中に入ると、濃い茶色の木製レセプションテーブルと白の螺旋階段が優雅な雰囲気を漂わせている。一八六九年に建てられた建物だから、もちろんエレベーターなどない。そのかわり、すべての空間の天井がとても高い。私たちが予約した部屋は「ポルトガル式タイル・スイートルーム」で、上の階に上がらなければならない。フランシスコがまた手で荷物をひょいと持ち上げて、さっさと階段を上がっていく。

バスルームとベッドルーム、リビングに分けられた客室はかなり広く、特別にアズレージョで装飾された壁を一目見て気に入り予約した。アズレージョは「滑らかに磨かれた小石」という意味のポルトガル特有の彩色タイルで、おもに白地に青で絵が描かれている。アズレージョ美術館に行くのもいいし、ポルトPortoに行けばサン・ベント駅やカルモ教会の素晴らしいアズレージョの鑑賞も可能であるが、こうしたちょっとした空間やあちこちの路地の建物の外壁にある色褪せたアズレージョを見るだけでも私は充分に楽しい。キングサイズのベッドの四隅には支柱があり、茶色の原木の机と椅子、青のベルベットのソファが置かれている。ティーテーブルの上には白の陶器製の電気ケトルとミネラルウォーターを入れた長方形のガラス瓶が置かれている。高い天井とトイレ便器横にある手動式ビデよりも、私はホテルのこのガラス瓶を見ながらヨーロッパに来ていることを強く実感する。ガラスにかなりの厚みがあり、片手で水を注ぐにはとてつもなく重い。しかし、プラスチック材質のものを使わないこうしたこだわりは、実利よりも美しさを追求するヨーロッパらしい誇りをうかがわせる。

このホテルの寝具シーツについて言及しないわけにはいかない。通常の大型ホテルは寝具シーツに糊をきかせ、ぱりっとした感触があるが、ここのシーツはまるで使い慣れたもののようにとても柔らかな肌触りである（湿っぽいのではない）。ぱりっとしたシーツのほうがよさそうに思われるかもしれないが、じつはこの繊細な柔らかさこそが真心込められた高級寝具の特徴なのである。白いシーツの片隅に施されたさりげない同色の刺繍を見ると、細やかなところにまで気を遣っていることが分かり満足感を覚える。大きな窓を半分ほど開けたままにして、プールのようにベッドにどんとダイビングをする。仰向けになり、しばらく大の字になる。周囲は静かである。

荷物の整理を済ませ、インテンデンテ Intendente 地区にあるポルトガル民芸雑貨店ア・ヴィダ・ポルトゥゲーザ A Vida Portuguesa に行く。翻訳すると、「Portuguese (way of) Life」。つまり、「ポルトガル式の生き方」である。ファッション雑誌『マリ・クレール（marie claire）』に記者として長年勤めたカタリーナ・ポルタス Catarina Portas が、失われつつあるポルトガルのさまざまな良質の製品を守るために始め、いまやリスボン市内に四か所の店を構えている。インテンデンテ支店はとくにインテリア製品がほかの支店に比べて多く、売り場がもっとも広い。

カタリーナ・ポルタスは記者として勤めていたある日、もはや人々に見向きもされなくなっていたポルトガルの美しい日用品に関する取材をきっかけに、数年後にさらに取材をして本を書こうと心に決めた。しかし、いざ再度取材に入ってみると、その数年の間に、多くの製品が採算を取れずもう生産されていなかったり、廃業の危機に瀕したりしている状況を知り、衝撃を受ける。そこで、自分に何ができるのかを考え、ポルトガルの美しい遺産を、世代から世代へと引き継ぐお手伝いをすることにした。まずは郷愁を誘うポルトガル産の物品を入れた贈り物セットを作ってクリスマスシーズンに売ってみた。反応は爆発的で、口コミで購入希望者が殺到した。期待を胸に開店するに先立ち、北の果てから南の果てまでポルトガルのあちこちを回り「ポルトガルらしさ」を求める旅をした。伝統工芸品、民芸品、布製品などの工場を訪問し、職人たちの話を聞きながら、代々に受け継がれる価値というものが明らかに存在することを確信した。

ポルタスはポルトガルに固有のものが何であるかを考え、その答えを見つけ出した。ほかでもなく「悠長」であるということであった。「悠長」は普遍的には称賛されるような特性ではない。口に出して言うことはないにせよ、ポルトガルは西ヨーロッパの国々の中ではそうしたイメージで見られがちであった。しかし、彼女はまさにその特徴を機会ととらえた。ポルトガルはほかのヨーロッパ諸国に比べて工業化が進んでおらず、今でも地方の所々に手工業が残っている。十年ほど前でも、ポルトガル産と言えばどこか地味なイメージがあったが、それをポルトガルの復古風の魅力として生まれ変わらせることはやりがいのある挑戦であった。

店に出す商品の基準はおのずと決まった。最低でも三十、四十年の歴史があるブランドや商品であること。人々の郷愁や古い記憶を呼び起こすものであること。製造工程で手作業の部分が必ず入っていること。包装はしないか昔ながらのスタイルを基本とすること。もっとも重要なことはポルトガルで生産され、品質にすぐれていること。製品の持つ本来の魅力を最大限にそのままに生かしつつ、彼女独自のすっきりと洗練された感覚が補われた。斬新なアイデア一つが廃業一歩手前の仕事場をよみがえらせ、全国各地の生産者たちに生きる矜持を与えたのである。ア・ヴィダ・ポルトゥゲーザは、古くからの価値を大切にするポルトガルの新進デザイナーたちの製品にも関心を傾ける。彼らはこれからの時代の新しい職人たちだからである。例えば「ラパス La Paz」というポルトガルのメンズウェア・ブランドがある。なかなか服を買わない私だが、インテンデンテ支店でハンガーにかかったこのブランドの製品を見て一目で魅了され、私とユンソ用にネイビーウールセーター、ネイビーストライプスウェットシャツ、グレーのフードパーカを衝動買いした。メンズウェアだがシンプルな衣服を好む女性にも合う。「平和」という意味のブランド名もいいが、ブランド哲学がとりわけ好印象である。

「ラパスの服はポルトガルの伝統的な作業服から影響を受けました。そのころに働いた男性たちはいつも身なりをきちんと整えてから外に出たものです。長く着られるようにしっかりした生地を用い、服のディテールは多くありません。大西洋を眺めながら生きた人々の目に映った海の色をふんだんに用い、年月が経っても変わることのないデザインを心がけました。ラパスはファッションや流行とは無縁ですが、気品を大切にする人々のために作られました」

私とユンソは服のほかにも各種マグロやイワシの缶づめ、ハンドクリーム、歯磨き粉などを購入した。ア・ヴィダ・ポルトゥゲーザを一層心地よい空間にしているのは、多様な人種の職員たちであった。若い美女や美男でなくとも、それぞれの顔立ちや服の着こなしに漂う個性と魅力が、さりげない存在感を放っている。その働く姿は上品ながらも冷たくはなく、親切ながらも馴れ馴れしくはない。

*

こざっぱりしたよい製品を見ていると、ついつい母のことを思い出す。彼女はとてもセンスがあった。服一着を買うにも、細かいところにまでこだわった。二、三年に一度ずつ夫の仕事の都合で外国を転々とするので荷物を最小限に抑えねばならず、公務員の給料で五人家族を養わなければならないということもあったが、基本的に物を見る目があった。服の種類は多くなくとも、母が丁寧に選んだ服は品質がよく、それ自体で完結しているような、そんな服であった。長く着させるためにわざと大きめのサイズにしたり、安いからと妥協して買ったりということはなかった。服のサイズはつねに体にぴったり合わせ、少々高くてもこれと思ったものはすぐに購入を決断した。服が古くなるとすぐに捨てたが、できるだけ取り扱いに気をつけて長持ちさせ、つねに清潔できちんとアイロンがけされていないと気が済まなかった。ただし、自分の好みを一方的に押しつけるところがなくはなかった。ベージュ色を中心に無彩色系の服を好んだ母によって、幼いころの私はとても端正な服ばかり着ていた。度の過ぎたディテール、レイヤードスタイル、派手な原色や蛍光色、複雑なパターンや英文ロゴが入った服は論外であった。しかし、これまでの人生で「私の服」と言えるほど似合い、よく着て、記憶にも残っている服を思い出すと、薄紫の落ち着いた花柄模様のワンピース、薄灰色と薄ピンクのストライプ柄スカート、首元に精巧なフリルのついた白のコットンブラウス、大学の卒業写真を撮るときに着た紺色のフォーマルスカートなど、すべて母が選んだ服であった。

一方で、母は自分の関心外のことには一切気を遣わなかった。学校の勉強や交友関係について話しをしたことはない。悩みがあれば言ってごらんと言われたこともない。逆に、自分の悩みを打ち明けたり、感情を爆発させたりしたこともない。並んで一緒に台所に立って料理を作ったこともない。母には、ほかに気を遣うべき、もっと重要かつ現実的な何かがあったのだろう。

リスボンのインターナショナル・スクールのクリスマス会では、四年生から八年生まで生徒たち全員で演劇「くるみ割り人形」を演じた。その中で一番おちびちゃんだった四年生たちが担当したのは舞台背景となる人形役である。友人らはウサギ、カウボーイ、チョウ、トランプ、クマの人形など、それらしい舞台衣装を身に着けて登場したが、母は私をピエロに扮装させた。ぶかぶかの母のズボンをはき、父のサスペンダーとネクタイを着けた。そこに学校の工作の時間に作った金紙の帽子をかぶれば出来上がり。せめて、ピエロの丸い鼻でも作ってくれるのかと思いきや、母は自分の赤の口紅で私の鼻と目、唇の周りに輪を描くようにして色を塗った。余計なお金や労力をまったく使わず、子どもを変身させた満足感が表情にあらわれていた。その表情を見た私は反対にがっかりした気持ちを心の中にしまっておくほかなかった。こんなことで不平を言うこと自体が、何やらぜいたくなのではないかと思う気持ちもあった。

私は嫌だったのに、母が私の長い髪をバッサリと短くカットさせたことがある。短い髪のほうがずっとすっきり洗練されている、あなたは後頭部が出ているほうだから似合うはず、という見立てによるものだったが、母はむしろ私を通じて保守的な自分にはできないことを冒険がてら試したかったのだと思う。実際のところは不格好な歯の矯正装置をはめ、外見も微妙な中学生に短い髪が似合うはずもなかった。母は一度こうと決めたらそれは断固動かさないタイプだったので、私はただ時間が早く経って髪がまた伸びることだけを待った。そして、髪がやっと肩につくほどになると母はまた見た目が不潔だからとカットさせた。そうやって私の十代は何年間かにわたって少し伸びてはカットするショートヘアの時

期があった。自我が強くなった高校時代から現在までは、知っている人は知っていること

だが、私はロングヘアを頑なに守っている。

しかし、振り返ってみると、そんなことは何でもなかった。子である私の性格形成に親としてもっとも深く影響を与えたのは、愛情表現と褒め言葉の不在であった。勉強を頑張ってよい成績をとっても、学校で賞や奨学金をもらっても「あ、そう」程度で終わりだった。一年から三年に一言語ずつ新しい言葉を最初から学びながらこの程度の成績をとって賞までもらったら、少なくとも申し訳なく思うなり立派だと思うなり二つのうちどちらかであってよさそうなものである。放っておいてもちゃんとやるから何も言う必要はないと判断したのだろうか。あるいは、それすら考えられないほどに「ほかに気を遣うべき、もっと重要かつ現実的な何か」がやはりあったのだろうか。

母の愛情が私を感動させたことは、探せばきっと何かあるはずである。遠回しの愛情表現であっても私がそれを感じて胸がいっぱいになったことがあったはずである。しかし、いくら記憶の引き出しの隅々まで探してみても思い出せない。かといって、母ととくに仲が悪かったわけでもない。母は六人きょうだいの一番上の子で、もしかしたら成長過程で親のやさしい愛情表現に接したことがなかったのかもしれない。もともと性格がドライで実利的なほうだからということもあるだろう。彼女が感情的になる姿を一度でも見たことが

あっただろうか。がんの闘病末期を除き、思い出すことができない。

肯定的に解釈すれば、そんな情緒的傍観のおかげで、私は自立心、責任感、適応力、推進力、生活力を相対的に早い年齢で持つようになった。否定的に解釈すれば、そのせいで穴の空いた甕《かめ》にひたすら水を汲まなければならないように、ずっと他人に褒められ、愛されたくてたまらない人間に育ってしまった。『母さんと恋をするとき』（心の散策［韓国］、二〇一二）のプロフィールにも書いたように、私には自由という言葉が一見似合うように見えるかもしれないが、それはただ孤独に一人成長した人間の一側面であって、その気質によって文章を書くことを仕事とする大人になったに過ぎない。

そういえば、母が「感情的」になった姿を一つ思い出す。母は早くから私がほかのきょうだいたちと気質が異なることに勘づいていたらしい。私が三十坪台のマンションに住めれば充分、それ以上は望まないと言ったところ、言葉というものは口に出すとそれが現実になってしまうものだと、世間知らずの末娘の浅はかさに激怒し私を叱った。若い時代にかの有名な京畿女子高校、梨花女子大学を卒業して、同窓たちがみなソウル大学を出た男性と結婚し、大きい坪数の江南《カンナム》のマンションで立派な生活をしているのに比べ、自分は条件よりも恋愛を選んだせいで表向きは外交官夫人という一見優雅そうな呼称を得たにせよ、実際は一生お金の心配をしながら悔しい思いをしなければならなかったことへの反作用であったのかもしれない。子どもたちだけには経済的に苦労せずにいい暮らしをさせたいと願う真心からの心配であったと信じたい。しかし、そうであれば結婚するときに、私が逆にそれまで働いて貯蓄していたお金を家に入れて家を出たということについては首をかしげたくなる。

「あなたが言っていることは全部意味のない話。現実を見なさい、現実を」
母は厳格かつ功利的な「他人」の表情で私の純朴な人生観を批判した。しかし、私の考えがなぜ意味のない話なのかは話してくれなかった。母の言葉はあたっていた。しかし、言葉が現実となって、私は今も（そしておそらくは今後も）三十三坪のマンションに住んでいる。かと言って、私の話も間違っていたわけではない。そのときの本心は今も変わらず、これ以上とくに願うものはない。人は思いのほかそうそう変わりはしないものである。また、母が嘲笑し危惧《きぐ》もしていた私の人生観と世界観、その私の浅薄さのおかげで今私が文章を書いて生きていると言っても過言ではない。母はお金の心配からようやく一息ついて余裕を楽しもうとしていた矢先、末期がんを告げられた。ふと、母が口癖のように私に言い聞かせていた言葉を思い出す。人は絶対に緊張を緩めてはいけない、いつも気を引き締めていなければならない。これは子どもに言うべき言葉だったのだろうか。

……これくらいにしておこう。

宿でしばらく休んで夕食を買いにユンソとまた外に出る。プリンシペ・レアル公園に立ち寄る。日暮れ前の五時ころである。プリンシペ・レアルを魅惑的な場所にしているのは、やはりこの公園の存在が大きいように思う。私は運動靴を履き家から少し歩けば公園がある、そんな町が好きである。プリンシペ・レアル公園はこぢんまりした広さであるが、近隣の住民たちの休息の場としては充分である。大きな椰子の木があちこちに並び、十九世紀に作られた貯水池と水路の見学ができる施設、子どもの遊び場と野外テーブルを備えた緑屋根のカフェ兼キオスクもある。

*

しかし、プリンシペ・レアル公園の本当の主人公は、公園の真ん中に位置する樹齢百四十年にもなる杉の木である。この杉は年中、天然パラソルの役割をし、木の下に丸く配置されたベンチが人々を迎える。枝が伸びすぎて太い鉄の支柱で支えなければならないほどなのだから、その姿はじつに壮観である。毎週土曜日の午前十時から午後二時まではここでオーガニックマーケットが開かれる。新鮮で美味しそうな旬の野菜と果物、オリーブ、さまざまな種類のパンとチーズが売られている。パンとチーズ、果物を買って、木陰で食べるとちょうどよさそうである。

杉の下に設けられたベンチにはどこも人が座っていたので、私たちはそのさきの子どもの遊び場の前に座ることにする。近づくほどに、子どもたちが雀のように可愛らしく騒ぐ声が大きくなる。五歳にもならない幼児たちばかりで、母親やベビーシッターがつねにそばで子どもの様子を見守っていなければならない。ユンソは子どもたちが可愛らしいのか、立ち上がって遊び場の柵の前でその様子を見つめている。私はさっき宿で母親のことを思い出して感情的になりすぎたせいか少しばかり頭が痛む。意識して思い出そうとしたわけではなかったが、どうしても思い出してしまう。ゆっくりと今日も日が暮れていく。母が以前に言っていたことを突然にまた思い出したのは、西の空が薄黄色に、東の空が珊瑚色に染まり始めたころであった。

母が国民学校（小学校に相当。現在は初等学校）の児童だったとき、クラスみなでスケート場に野外学習に行くことになったのだが、母は自分の母親にスケート用具を買ってほしいとどうしても口に出せず、悩みに悩んだあげく、結局クラスで一人行くことができなかったという話。

「お金をちょうだいって、どうしても言えなかったのよ」

母方の祖母は、私の知る人の中でもっともやさしく慈愛に満ちた人で、母の家は当時貧しいわけでもなかった。その話を聞いたとき、私は母の中に自分の姿を見出したようで、何やら内心少し嬉しくもあり、妙に甘美な感覚にもとらわれた。言ってみれば、ある一面では私は母に似ている、という同質感の確認である。大人に頼ることを知らない子ども、大人よりも早く大人の感情を見抜いてしまう子ども、大人を煩わしくさせたり傷つけたりしたくなくて嘘を言う子ども、何でも自分の力で解決しようとする子ども、それがうまく行かなければ一人密かに心折れる子ども、それでもすべてを受け入れてとにかく立ち上がろうとする子ども、黙っている子ども。

美術評論家であり小説家でもあるジョン・バージャーは、リスボンのことを「亡者たちの特別な停車場」であり「ここで亡者たちはほかの都市でよりもさらに果敢にその姿をあらわす」という言葉を残したらしいが、こうして私が母のことをしきりに思い出すところを見ると、その言葉はあたっているのかもしれない。実際に英国人であるジョン・バージャーもむし暑い五月末、リスボンのある広場（低く傘形に枝を伸ばすイブキが百名は充分に入れる陰を落とすというその広場は、プリンシペ・レアル公園であるのは明らかだろう）で十五年前に亡くした母親に遭遇したというのだから。プリンシペ・レアル公園を後日思い出すとき、私はおそらくこの日、このベンチに座って感じた心地よい風の感触や、目の前に広がる柔らかな色あいの夕日、漠然と心の中にしまっていたある想念を解き放ったこと、それによって胸の片隅に感じた痛みといった感覚を鮮明に思い出しながら、切なく思うことだろう。いつかは私が見ていた風景さえ記憶から薄れ、すべてのことを忘れてしまうのだろうけれど。

夜遅い時間、ベッドで白色の柔らかい布団に一緒に入って眠る前、私は暗闇の中で娘に質問を投げかけてみる。目の前に私が見えていなければ、少し正直に答えてくれそうな気がして。

「ユンソ、お母さんがこれまでユンソを傷つけたようなこと……あった？」

「うん」

何のためらいもなくすぐに返ってきた返事に、驚かなかったと言えば嘘になるだろう。

「そう……すごく嫌だった？」

「少し……？」

「嫌なとき、どうしたの？」

娘は、今度はしばらく間を置いて言葉を続ける。

「……なんにも」

「お母さんに怒られるかと思ったのね」

「……うん」

言葉を失ってしまう。この瞬間、私にできることは何であっただろう。ただ、娘にごめんねと言って、ぎゅっと抱きしめてあげることしか。

孫たちの中で、母が唯一、会えなかった孫娘。

それで名前に私の母の名前から「允《ユン》」の字をとって入れた娘。

娘の少し突き出たおでこを手のひらで撫でていると、娘はいつの間にかぐっすりと眠ってしまう。私は体を丸めてユンソの襟元に鼻をそっと近づけたまま、なかなか眠ることができない。

Day7　深い静けさ

Tuesday, January 8th

一八六九・プリンシペ・レアルの朝は、共用ラウンジの楕円形のテーブルから始まる。B&Bごとに異なるが、ここは大きなテーブルに宿泊客らが一緒にぐるりと座って朝食をとるスタイルになっている。午前八時から昼十二時までいつでも好きな時間に来て食べればよい。共用ラウンジに下りていくと、背が小柄で年齢より幼く見えるネパール青年・マダールが私たちを迎えてくれる。朝食の接客と客室の清掃を担当する職員である。一組の米国人カップルがちょうど食事を終えて席を立とうとしているところである。

清潔な白のテーブルクロスをかけた楕円形のテーブルには二、三種類のチーズとハム、白パンと穀物パン、キウイとパイナップルなどの果物、バターとジャム、牛乳とジュースなどが置かれており、各自、前にある皿に取って食べればよい。テーブルの中央にはナッツ類のケーキがある。ポルトガルの人々は朝食からケーキを楽しむのだ。マダールは客が食事した食器を片付けたあと、私のコーヒーのオーダーを受けて半透明のガラス扉を体で押して中の厨房に入っていく。考えてみると、リスボンに滞在中、仕事を求めて遠くネパールからリスボンまでやってきた若者たちを少なからず見かけた。じつのところ、私には旅行中のほかの宿泊客やリスボンで生まれ育った現地の人々より、この都市にどんな魅力を感じて希望を抱くようになったのか、移住民たちの生き方のほうがより興味深くはある。

客たちのチェックアウトに応対していたマネジャーのフランシスコが一仕事を終えて朝食をとっている私たちのほうに来てあいさつをする。昨日、私たちが戻ってきた夜九時ごろにもフランシスコがいたのに、この時間にもいる？　どうしてそんなに長時間勤務をするのか尋ねてみると、本来はマネジャー二名が交代で勤務をするのだが、もう一人のマネジャーがクリスマス休暇を延長して長期休暇に出たとのこと。正規の勤務時間は午前八時から午後五時までだが、パートナーの代わりに一、二週間頑張れば、自分もあとから休暇を長くとってどこかに行けるとのことであった。「笑った子犬」っぽい顔で、休暇の話が出るとさらに表情が明るくなるフランシスコ・サルディーニャ氏。「サルディーニャ」はポルトガル語でイワシを意味する。彼の遠い祖先がイワシ漁の漁師であったと想像すると、何ともポルトガルらしい情緒を感じる。朝食が終わるころになって、ユンソが不安げな口ぶりで私に小声で尋ねる。

「今日、本当にあそこに行くの？」

行きたくない様子がありありと見てとれる。

「うん、行かないと」

じつは、私も少し怖い。でも、どうしても行きたくなるのだ。

＊

『ペソアのリスボン（Lisboa:O Que O Turista Deve Ver）』（邦訳『ペソアと歩くリスボン』、近藤紀子訳、彩流社、一九九九）でエストレラ地区のプラゼーレス墓地に関する部分を初めて読んだとき、私は思わず失笑してしまった。「プラゼーレス」の意味はほかでもなく「喜び」だからだ。「喜びの墓地」と言うと、まるで「幸福老人ホーム」のような名称である。世の中はこれほどにもアイロニーに満ちている。しかし、プラゼーレス墓地の正門に足を踏み入れた瞬間、なるほど喜びという単語にもうなずける気がした。ここの第一印象は、墓地と言うよりも公園に近かった。うららかな青空のもと、プラゼーレス墓地は陰鬱であるよりは温和な感じである。丈のある糸杉が多く植えられており、墓地の中央にはお菓子の家のような小さな聖堂もある。ポルトガルの葬儀で使用される各種道具が展示されており、昔ながらの解剖室もあるらしいが、あいにく今日は閉室で入ることができない。墓地はこの聖堂を真ん中に、両側にきちんと区画が分かれている。

プラゼーレス墓地に行ってみる価値がある理由は、その形式が既存の墓地では見ることができない墓だからである。一般的な墓は遺体を棺に納めて地に埋めたあと、そこに墓石を立てて故人の名前を刻む形であるが、プラゼーレス墓地では棺を地に埋めるのではなく、地上に建てた墓の内部にそのまま安置する。墓碑には故人の名前と「～とその家族」と刻まれており、当地で最高の彫刻家と建築家、製図技能士と芸術家たちを雇って作られる。その家の形をした墓は、作品とも言えるほどに、どれも精巧で美しい。互いの死を見送り、死んでもともに安置される家族という関係、それは何なのだろう。ある家族の墓はそこにだけひときわ明るい日差しがあたっているせいか、心も一緒にあたたかくなってくる。

入り口近くの墓を見始めたときには芸術作品を見ているようであったが、奥のほうに入っていくにつれ、次第に考えが変わっていった。大きなガラス窓のある墓がぽつぽつと目につき始めたころである。誰がどんな言葉でここを飾ろうとも、結局は亡き者たちの墓にほかならないことをあらためて悟る。おそるおそる曇ったガラス窓の内側を見てみると、中央に聖母マリア像や故人の遺影などを置いた祭壇がある。そして、一方あるいは両方の壁側に三つから六つの棺が台の上に載せられている。ときどき、当初はおそらく金色だっただろうが、時間が経って黄土色に変わったと推測される布が棺を覆っている。棺の中には腐敗を免れるよう処置された遺体が洋服やドレスをまとったまま、生前の姿そのままに安置されている。棺も腐ることのない木材で製造する。しかし、私を心寒くさせたのは、棺を開けば見えるはずの故人の遺体よりも、棺が置かれていない台であった。子孫たちはあの空いた空間を見ながら何を思うのだろうか。

ある家族墓のガラス窓は割れていた。ちょうどこぶし大の穴である。勇気を出して割れたところから中をのぞいてみると、棺がすぐそこに見え、ふっと息を吹けばほこりが飛んでいきそうである。誰がどんな目的でこんなことをしたのだろうか。また、別の家族墓ではガラス窓が完全に割れていた。その前に立つと茫然自失ともいうべき感情がおのずと湧いてくる。これほどまで傷んだ状態で置かれているということは、すでにもうここを訪れる人がいないという意味でもある。人生の美というものをあざ笑うかのように、バラ色の幻想ではなく現実を見よとでも言わんばかりに、奥に進むほどにまた別のメッセージを投げかける家族墓が続いてあらわれる。ある家族墓の前面は誰かの憎悪が込められたかのように粗末な木板で乱暴にくぎ打ちされている。はたまた、まるで呪いを永遠に封印するかのように鉄の扉で完全に封鎖された墓もある。ある家族墓の前には凶器にも近い尖った槍のような鉄柵が重ねてめぐらされていた。その姿に深い怨恨《えんこん》のようなものが感じられ、息をするのも苦しくなる。

「健康な人は誰でも、多少とも愛する者の死を期待するものだ」というアルベール・カミュの『異邦人』に出てくる言葉がふと脳裏に浮かぶ。足を止めて周囲を見渡すと、ユンソと私のほかには誰もいない。そういえば、人けと言えば、さっき入り口で見かけた老人二人がすべてであった。気温は十二度だが、風が吹いて一層寒く感じる。

「お墓が何で面白いの？　お墓は悲しいところよ」

朝食のときにユンソが言っていた言葉を思い出す。

数時間前までここに来ることにまったく乗り気ではなかったユンソは、それでも思ったより毅然としている。私の手を放さずに、迷路のように複雑なプラゼーレス墓地を落ち着いた足取りでついてくる。ユンソがそれでもあまり疲れずにいたのはここで「ミッション」が一つ与えられていたからである。私たちはさっきからペソアの唯一の恋人、オフェリア・ケイロス Ofélia Queiroz の墓を探している。最初は隠し絵を探すように墓碑に刻まれた名前を一つずつ順にあたった。ついには入り口からもっとも離れた反対側の展望のよいところまで行きついたが、まだオフェリアの墓を探せないでいた。もう一度きちんと探してみようと思いつつも、ぞっとするような光景をいくつか見たため、正直なところ、もうやめておきたい気がする。

「帰ろう」

諦めて墓地中央の小さな聖堂を通り過ぎ正門へと向かう。途中、入り口横にあるコンテナ形の平屋の扉の前で黒猫を一匹見つけた。墓地に黒猫？　あまり愉快な組み合わせではない。しかし、二人きりで巨大な墓地の中をしばらくさまよっていると、命あるすべてのものが愛おしい。私たちはあたかも磁石で引き寄せられるように、扉の前に凛々《りり》しく座っている黒猫に近づく。でんとしたさまが可愛らしく、写真を撮りたくてカメラを取り出そうとするわずかの間に、顔を上げると猫は目の前から消えてしまっていた。建物の扉の隙間から中に入っていったのだろうか。
つい好奇心から、私も扉の隙間に頭を入れて中をのぞいてみる。中はいたって平凡な、どこにでもありそうな事務室である。いくつか置かれた事務用机の上に卓上カレンダーや電話機が置かれている。所々に草花を植えたプランターがあり、片方の壁には複写機などの事務用機器類が置かれている。ほかの職員の姿は見えず、初老の女性職員が一人、仕事の電話を受けていた。壁のポスターや通話内容から推測するに、ここはその存在を考えてもいなかったプラゼーレス墓地の「現代的」な事務室であった。嬉しさもあって安堵《あんど》のため息をついていると、事務室の中から例の黒猫の鳴き声が聞こえる。

ニャー。

右手の隅に置かれた訪問者用のソファの隙間から出てきたさきほどの黒猫があたかもここが自分の家だと紹介でもするかのように、私たちの前を悠々と通り過ぎる。もしも、この黒猫が目の前から突然に消えることがなかったら、この事務室の存在に気づかなかったことだろう。黒猫は私たちのことを見抜き通して自分なりの方法でここまで案内してくれたのだろうか。

ニャー。

通話を終えた職員が立ち上がってこちらに歩いてくる。そして、数分後、白黒でプリントアウトしたプラゼーレス墓地の地図を一部持ってきて、オフェリアの墓の位置に赤ペンで丸印をつけてくれた。

地図をしっかり見ながら注意深くさっき歩いてきた道を逆に入っていく。分かれ道に来て、しばらく目の前に見える道と地図とを立ったまま見比べていると、突然カジュアルな身なりをした中年男性があらわれた。黒のジャンパーとジーンズ、茶色のウォーキングシューズで、胸の名札にはリシニオ・フィダルゴ Licínio Fidalgo と書かれている。ここの管理責任者であると明るく笑いながら自己紹介する。いたって平凡な会社員の印象である。特別なことがない限り、早めに帰宅して家族たちと和気あいあいと夕食を食べ、食後には缶ビールを飲みながらサッカー中継を観て寝るのがささやかな楽しみである、といったような、そんな風体である。私ははたして共同墓地の管理責任者にどんな姿を期待していたのだろうか。黒ネクタイに正装？　ベージュ色の作業服？　これはスティーヴン・キングの小説の読みすぎに違いない。

「私がご案内します。ついてきてください」

何も言っていないのに、彼は私たちがどこに行こうとしているのか知っていた。おそらくさっき事務室で地図をくれた職員から話を聞いて急いでここまで駆けつけてくれたのだろう。のっしのっしと歩幅も広く、今度は私たちが早足で彼のあとを追いかける。

ペソアの恋人、オフェリアの墓を訪ねていく途中、彼はペソアの祖父と母、母方の親族の家族墓に至るまで紹介してくれた。彼の案内がなければ知りようのないことであったが、一方で私たちが知らなければならないような情報なのかどうかといえば、いささか微妙なところではあった。ただ、詩人フェルナンド・ペソアがあまりにも圧倒的な国民的な英雄となったため、彼の親戚までもここに葬られる恩恵を受けたのか、あるいはもともとその前からここに葬られていたのか少し気になって尋ねてみようと思った矢先、ちょうど目的地であったオフェリアの墓に到着してそのタイミングを逃してしまった。いや、正確には、オフェリアの墓を見て私があまりに驚いて尋ねるのをすっかり忘れてしまったのである。内心ひどく当惑している間に、彼は例の人なつっこい微笑みを浮かべながら、今来た道をのっしのっしと戻っていく。

プラゼーレス墓地のいくつもの分かれ道の一角にあるオフェリアの墓はよく見ないと気づかずに通り過ぎてしまうほどに小さかった。高さは成人の腰ほどもなく、面積もせいぜい座布団一枚程度である。しかし一方で、ただ通り過ぎるわけにもいかない墓でもあった。通り過ぎても「今のあれ、何だった？」と、思わず振り返らずにはいられない。なぜなら、小さい墓に比べて相対的に大きな写真が取り付けられており、私がぐるりと回ったところでは、ここ以外、写真が取り付けられた墓は見ていない。小さく貧弱に見える墓の周りを囲む、尖った鉄柵が醸し出す威圧感のせいでもある。

白黒写真の中の若きオフェリアは広い額に短い髪、濃い眉毛と知的な目を持っている。固く閉じた薄い唇に意志の強い性格がおのずとあらわれているようである。しかし、オフェリアの写真はどの角度から見ても鉄柵の尖端が突き刺さって見え、あたかも中で血を流しているかのようである。実際に、痛ましい愛であったのだろう。

さらなる反転のように、墓碑の下には凶器のような鉄柵とはまったく似つかわしくない愛の文章が刻まれている。二人のやり取りした恋文から抜粋した文章である。

「オフェリアちゃんのことがとても好きだ。本当に好きだ。あなたの人柄と品性を素晴らしいと心から思う。結婚をするのであれば、あなた以外には考えられない」

Gosto muito-mesmo muito-da Ofelinha. Aprecio muito-muitíssimo-a sua índole e o seu carácter. Se casar, não casarei senão consigo.

フェルナンド・ペソア

ペソアがオフェリアに書き送ったメッセージからかすかにうかがえるように、彼は簡単に人を愛することのできる男性ではなかったと思われる。恋愛下手でいつも孤独を身にまとって生きた男性。文章を書くために自分の奥深いところへと沈み込まなければならなかった男性。お酒をとても多く飲んだ男性。「結婚をするのであれば、あなた以外には考えられない」と書きつつも、最後まで結婚という制度を否定した男性。つまり、あなたとでなければ結婚しないという言葉はそもそも意味を喪失していた。愛する男性の優柔不断に忍耐強く耐えたオフェリアにさきに別れを告げたのもペソアであった。そして、よりによって死後、彼がこの国でもっとも有名な詩人になったことで、国民詩人の唯一の恋人であった者として、彼女ははからずも世間の関心に長い歳月にわたって耐えなければならなくなったはずである。しかも、二人の美しく浪漫に満ちた話だけが消費される形でである。愛する男性からはあなたに対する気持ちは変わらないけれども、もうあなたを放してあげるとでも言わんばかりの言葉を聞かなければならず、国民たちは彼女を放してくれないというアイロニー。作家と付き合うということはこれほどに危険なのである。

愛というものは「そうであっても」というものなのだろうか。ペソアのメッセージの上に刻まれた、オフェリアが恋文に書いた文章を読むと、彼女が憐れで腹が立っていた私までも心が和らぐのであった。

「私はあなたの口づけに感謝し、私からもあなたにたくさんの口づけを送り、あなたにたくさんの、たくさんの強い抱擁を送りながら、いつもあなたのもの」

Agradeço muito muito os teus beijos e envio-te também muitíssimos, e muitos chi-corações muito apertados, da tua, e sempre muito tua.

オフェリア・ケイロス

Day8　休息

Wednesday, January 9th

一週間が過ぎると、いつの間にかリスボンに慣れてきた自分に気づく。寝ている途中に目が覚めても当惑することもなく、通りに出ても外国に来ているという気がせず、必要とあれば簡単なポルトガル語を自然と用いている。旅行をしていると、突然にその旅行をずっと続けなければならないような感覚に襲われたり、帰るべき場所が永遠に存在しないのではないかと思われ、そのままそこにずっと住む状況を妄想したりする。しかし、いまや二十四時間私の横にくっついている私そっくりの一人の女の子の存在のおかげで、この旅行が終われば私には帰るべき場所があることを知っている。ユンソは隣でぐっすり寝ている。子どもの眠る姿には、か弱い命のほかには何も持つもののない、そんな純粋さがある。今日は最後の宿であるインスピラ・サンタ・マルタ・ホテル Inspira Santa Marta Hotel に移動する日であるが、チェックアウトの十二時までぐっすりと眠らせることにする。ポンバル Pombal 広場の近くにある次のホテルにチェックインしても、できるだけ何もしないで、どこにも行かずに過ごそうと心の中で決める。一週間が経ち、私も少しは疲れているのだ。

ベッドで寝がえりを打ちながらもう少し寝ようとしてみるが、なかなか眠れず、この前の土曜日の晩のことがしきりに思い出される。ソ・ジンファおじさんのお宅で夕食をご馳走になったあと、おじさん夫婦は私たち母娘をふたたびバイシャのホテルまで車で送ってくれた。マンションの外の駐車場にある車のほうに歩いていると、おじさんが突然に思い出したように、暗闇の中のほのかな街灯の下で、ずっと向こうのマンションを指さすのであった。

「そうそう！　昔、イム先生が家族で住んでいたマンションはあそこだよ。キョンソンちゃんは覚えているかな？」

私は本当に驚いた。おじさんが今住んでいる町が昔、母と父と私が住んでいたリスボン郊外のカルナシデ Carnaxide ということだけでも懐かしく、嬉しくて、思い出の痕跡を何か一つでも探し出したくてきょろきょろと周りを見ていたところへ、昔住んでいたマンションがまだそのままあるというのだから。三十年以上も過ぎたのだから当然にもうなくなっているだろうと考えたのは、たぶんに「韓国的」な考え方であった。もとより私が通っていたリスボン・インターナショナル・スクールがなくなったのを知り、早々に諦めていたところもあった。

リスボン・インターナショナル・スクールは白い家という意味の「カーザ・ブランカ Casa Branca」という愛称でよく呼ばれていた。校舎は典型的なポルトガル建築様式で建てられていた。白の外壁と赤褐色の屋根のこぢんまりしたいくつかの低い建物で構成され、軒先にはブーゲンビリアの木がいっぱいに花を咲かせていた。幼稚園から高校三年生まで、一学年あたりクラスは一つ、クラスごとに二十名ほどの生徒が在籍していたアットホームな学校であった。校長先生はいつも「Small can be beautiful」と言っていた。さほど期待はしなかったが、もしかしてと思って検索してみるとリスボン・インターナショナル・スクールは跡形もなくなっていた。もう少し詳しく調べてみると、正確には学生数の減少で閉校の危機があり、一九九四年に個人運営から財団運営への移行の過程で学校の名前と敷地が変わったということを知った。新しいところは規模も大きく、最新式の設備をそなえている上に何より「学校」らしかったが、もう「カーザ・ブランカ」や「小さなものが美しい」という表現は使えない。放課後に子どもたちを迎えに来た父親たちが担任の先生とバスケットボールのシューティングゲームを始め、それを見ていた高校生たちが加わって本当の試合が始まり、しまいには校長先生まで出てきて応援する校庭の風景はおそらくもう見ることが難しいだろう。

そう、父とバスケットのゲームをし、耳にいつもボールペンを挟んで歩いていた、私たちのクラスの担任、金髪のジョン先生。彼は私が大好きな映画『Call Me By Your Name（邦題：君の名前で僕を呼んで）』の「オリヴァー」に本当にそっくりであった。ジョン先生は三年生の担任である美しいメリー・ルー先生と当時恋愛中であった。幼心にもああやって結婚するのだなと漠然と思っていたが、実際にそうなったようには思えない。アメリカ人たちは若い時期にしばらくヨーロッパの地で働いて、人生のモラトリアム期間を送ることを夢見るという。教師の資格を持っていたジョン先生もおそらくそうやってしばらくリスボンに浪漫あふれる生活を体験しに来たのだろう。メリー・ルー先生との恋愛も「ヨーロッパ生活」が与えた非日常の一部ではなかったろうか。アメリカにはない長い歴史と文化を持つヨーロッパで、二、三年間、青春と浪漫の夢のような時間を送り、アメリカに帰ってやっと大人としての現実的な人生を受け入れるということ。

私は人間関係についていくつかの幸運があるのだが、そのうちの一つが「先生に関する幸運」であると確信している。四年生の終わりごろ、各自作った記念アルバムを今でも大切に持っている。アルバムの最後のページにはジョン先生のやさしいコメントが書かれていてときどきそのメッセージを読んだものである。今度の旅行にあたり、それをわざわざ持ってきた。トランクからそのぱさぱさした手作りのアルバムを取り出し、色褪せた紙の最後のページをめくってみる。教師のあたたかな一言は、これほどまでに一人の人間の生涯にわたって慰めとなりうるものなのだろうか。

Remember your year here with affection.

何度も読んでずっかり暗記してしまったジョン先生の最後の言葉が、今日はひときわ胸にしみる。私は衝動的にベッドからがばっと身を起こす。

正確な住所はRua Ten, General Zeferino Sequeira.
タクシーで行くときは「Avenida de Portugal No.2 Carnaxide」と告げること。
略図もつけておきます。

ソ・ジンファおじさんからのこの返信を待つ間に、私は外出の準備を済ませていた。せいぜい顔を洗って、昨日着ていた服をもう一度着るだけである。ユンソの耳元でお母さんちょっと外出してくるね、ゆっくり寝ていてねと言うと、ユンソは目を閉じたままうなずいた。

*

リスボンに来て初めての私一人だけの時間である。マネジャーのフランシスコが信頼の置けるタクシー会社に連絡して私の事情を説明してくれる。
「できるだけ早く帰ってきます」
フランシスコに向けて言った言葉だが、じつはそれは二階の部屋で寝ているユンソへの約束でもある。もし高速道路が混んでいて時間がかかったらどうしよう、チェックアウトをしなければならない十二時までに宿に戻れなかったらどうしよう、気ばかりが焦るものの、今でなければ永遠に行くことができないという気持ちを抑えきれない。最低でも四十分はかかるだろうと思っていたが、タクシーはウソのように十五分もかからずに昔のマンションの前に着いた。当たり前のことだが、明るい朝の日差しのもとで見る昔の町は、何日か前の夜、遠くから見たときとはまったく感じが異なる。タクシーの中で開いた四年生のときの記念アルバムに収録された日記には、私が住んでいたマンションについてこのように描写されていた。

「カルナシデにはマンションが多い。その中の一つが私の住むマンションで、現代的でなくとても古く見える。私の住むマンションは坂道に位置していて、カルナシデのすべての建物の中で一番高いところにある。私の家は四階にある。リビングとキッチン、ダイニングルームがあり、部屋が二つとバスルームがまっすぐ並んでいる。窓を開けると風がたくさん入ってくる。私の部屋は日あたりが悪い。部屋には鏡が一つあるが、何だか変だ。鏡の中をのぞくと、私の顔が不細工に映る」

あらあら、鏡の中をのぞくとあなたの顔が不細工に映るのではなく、あなたの顔がただ不細工なだけなのに。ユンソも最近は何かあるとすぐに自分は可愛くないと嘆くが、こんなことも遺伝するのだろうか。あるいはこの年ごろの一般的な傾向なのだろうか。タクシーの後部座席の窓を半分ほど下ろすと、暖かな風が頬と額をかすめる。両目をしばらく閉じる。私は今なぜ自分の顔がほころんでいるのか自分でも分からない。

今日も日差しが強くうららかである。風になびく丈の高い木々。あの木々もかつては私のように小さかったのだろう。タクシーがマンションの前に止まる。一人なので気軽にマンションを探検してみる。まずはマンションの周辺から。当時、私が住んだマンションはこの坂道にある唯一の高層マンションだったが、今はその後ろにかなり規模の大きい団地ができている。マンションの一階の半透明のガラス扉から中のエレベーターと郵便受けをのぞき込む。玄関前にはバラの茂る小さな庭があるだけで、何一つとして特別なものはなかったが、私の目にはこの上なくまぶしく見える。頭を上に向けてマンションの四階の窓を一つひとつじっくりと見る。私の部屋の窓がどれであったかは覚えていないが、とにかくあの中の一つである。

玄関前を通り過ぎ、マンションの周りをゆっくりと一周してみる。私の影も私について一緒に回る。ある日、このマンションの前を年配の羊飼いのおじさんと数十匹の羊の群れが通り過ぎたことがあった。今、この文章を読んでいる方には信じられないだろうが、その当時、私は本当に私の両目でくたびれた身なりの羊飼いのおじさんが、ほこりで体が汚れて毛が灰色っぽくなった羊の群れ数十匹を連れてかけ声とともに歩いているのを、口をあんぐりと開けて見ていたのである。もしかしたら、私の住むマンションのさきをもう少し行くと、私の知らない、あの羊たちがおなかを満たすことのできる草原があったのかもしれない。「何言ってるの？　あなたは昔の彼氏らの名前すら忘れてしまうくせに」と、友人たちは私をからかうかもしれないが。

あたかもテリトリーを示す子犬のように、周りを一周しおえて、自動車が行き来する大通りとその両側に間隔を置いて並ぶ低層建築らを見下ろす。坂道のてっぺんにあるうちのマンションからのこの町の緩やかな傾斜を私は体で覚えている。朝起きて登校する私の小さな体と二本の脚は、十五度ほどの角度の傾斜を、ゆっくりと下降するように気持ちよく風を切って前に進んだ。緩やかではあったが勾配には違いなかったので、早く歩くと加速度がつき、なおさらに面白かったのだろうと思う。一日一日を、こんな気分で始められたら、どれほどいいことだろう。

おもに商店のある右側の歩道を歩いて学校に通った。見てみると、今は一階にケーキ屋や雑貨店、カフェなど、洗練されたお店が並んでいるが、当時そこには精肉店があった。透明なガラス窓の向こうにS字フックで天井からぶら下げられたウサギの肉の塊がとにかく怖かった。近くに香港人の友だちマリアが離婚した母親と二人で住んでいて、よく登下校を一緒にした。夏には商店のある通りごとに野外テーブルで旬のイワシをジュウジュウと焼いて出す食堂が必ずあった。私は野外テーブルに座って焼きたてのイワシと茹でたエスカルゴを食べ、母と父はポートワインを飲んでいた。イワシを焼く炭火の煙はそれこそ大変なもので、町の住民たちは煙を避けて眉間をしかめながら通り過ぎたが、それでもちらちらと「うまそうだな」という視線を投げかけていたような気もする。ぼんやりとピンク色に夕日が差していた風景を覚えているところを見ると、おそらく夜八時ぐらいであったのだろう。太陽が九時になって沈む長いリスボンの夏の日であった。

私の人生において何らかの成就のようなものがあるとすれば、それはおそらく成長期のころの外国滞在経験のおかげであろう。多様な文化的背景を持ついろいろな国で敏感な成長期を送ったことが、私のアイデンティティーのほとんどすべてをなしたと、今は認めざるをえない。特殊な環境で育ったという事実は、そうした特殊性のない環境で育ったユンソを見ながら実感した。生まれてからずっと一つの町、一つの家で成長したユンソに私が見て感じるすべてのものをおのずと理解してくれることを願うのは無理であるということも分かっている。むしろ、私こそ、小説『グレート・ギャツビー』の冒頭の文章をいつも胸に刻んでおくようにしている。「誰かを批判したくなったとき、世の中の人がみな君のように恵まれた条件で生まれてきたのではないということを心に留める」ことを。私はいつも自分の生きてきた人生が複雑であるとばかり思っていた。振り返ってみると、それは、いくらその代価を支払わなければならなかったとしても、明らかに感謝してしかるべき特殊な環境であった。とくにリスボンで過ごした一年間、私が感じ、経験したことは、である。言葉が一切通じない初めての経験、初めての大西洋、初めての日焼け、初めてのヨーロッパ、初めての多民族の友だちたち、そして初めて感じる自由と本能の感覚、そのすべてのものたち。

真昼間であるにもかかわらず、まだ夢の中にいるようである。頭を上に向け、これといって特徴のないこのマンションをぼんやりと立ったままもう少し眺める。私の前を行き交う住民たちが、そんな私を逆に不思議そうな目で見つめている。そろそろ戻らないといけないと思いつつ、なかなか離れられない。しかし……、こうやって自分のわがままを通してよかったと思う。ここに来ることができてよかった。変わることなくそこに残っていてくれるその何かに会えたことは、私にとって穏やかな慰めを与えてくれた。世の中には近く感じられても遠い場所というものがある。そこは、いつかはきっと帰らなければならない場所なのである。

Day9　サウダーデの時間

Thursday, January 10th

幻想を抱かせてくれるのはいつも「日常」の場所であった。旅行に出かけるととくにそうだ。現地の住宅街や公園、町の書店に足をとめると、それまでの過去はすべて削除され、ずっと前からそこに住んでいて、そこが私の人生の一部だったような錯覚に陥る。私は私自身に違和感を覚えつつも、その感覚の中の甘美を楽しむ。それとは反対に観光名所に行くと、自分が外国人観光客であるということを強く感じるばかりである。言ってみれば、出発前に脱ぎ捨ててきたかった、そんなもともとの自分の姿である。

旅行先にある大学のキャンパスを散策し、学食に入って学生たちに交ざって昼食をとることも私が長く好んだ「幻想体験」である。今向かっているリスボン大学は三十年以上前に父が留学生として在籍したところなので、ひときわ特別なところという印象がある。父は一九八一年から一九八二年までリスボン大学のポルトガル語文化教育機関ＩＣＬＰ(Instituto de Cultura e Língua Portuguesa)で二年間勉強した。駐横浜大韓民国総領事館への派遣勤務と、帰国後の外務部（現・外交部）勤務を経たあとの出向であった。彼はここで習ったポルトガル語を土台として、のちにブラジルの首都・ブラジリアにある駐ブラジル大韓民国大使館と駐サンパウロ大韓民国総領事館に勤務した。ポルトガル語は全世界で六番目に多く使用される言語であり、九つの国の公用語でもある。

私が通った白く小さな建物の学校が昔のままの姿で残っていないことを知ってから、なおさらに父が通った学校だけはちゃんと見ておきたいと思った。万が一にも重要な情報を見落として無駄足を踏みたくはなかった。リスボン大学のキャンパスがとても大きく、建物があちこちに散在していることも、私が事前にＩＣＬＰの担当者にあらかじめメールを送った理由であった。誰が読んでくれるのかも分からない問い合わせ用公式アドレスに、あまりに私的な話、いや哀願じみたことを書いて送るのではないかと送信ボタンをクリックするのがしばらくためらわれた。しかし、昨年他界した彼の足跡をたどって彼を思い出したいという理由こそ、何よりの訪問目的であった。あらためて確認したかった。一九八一年当時、外国人留学生たちにポルトガル語を教えていた大学の建物が昔のままに残っているのか、外部の者が訪問可能であるかと。私の心配は杞憂に終わった。数日後、私は「クラウディア・ダマソ」と自らを紹介する文から始まる、この上なく親切な返信を受け取ることができた。

「イム・キョンソン様

遠くから連絡を下さり、そしてあなたのお父さまに関する思い出を私たちと共有してくださって、ありがとうございます。はい、お問い合せの建物は、当時のまま、その場所にまだ存在しております。平日の午前十時から午後一時まではありますが、芸術・人文学部への訪問者資格で構内をご覧になれます。そのときにお目にかかりましょう」

当時のまま、その場所にまだ存在するという言葉に、どれほど胸がつまる思いがしたことか。

この時代の父が特別なのは、このときほどに彼本来の自由な姿でありえたことがなかったように感じられるからである。当時、彼は四十歳になったばかり。二人の子どもと老父母を故国に置いてきてはいたが、とにかく当時の彼の身分は厳然たる「留学生」であった。それもポルトガル語圏の外交官として必要な語学力を身につけるようにと国から派遣された有給留学生である上に、学位を取る負担もなかったのだから、それこそ天から与えられた人生最高の時期であった。背広はまったく着る必要がなかった。温暖なポルトガルの気候にふさわしく、彼はおもにオックスフォードシャツに綿のズボンをはき、明るい色調のウールセーターを肩にはおって大学に通い、帰宅してからはアバやリチャード・クレイダーマンの音楽を聴き、週末にはカメラを持って花の写真を撮りに出かけたりもした。

のちに「留学生の妻」として合流した母も普段と違う様子であった。ほかの国で暮らすときはいつもひどく敏感で、細かいところにまでこだわり、まるでいつも何かに追われているような雰囲気を漂わせていた。私はリスボンに住んでいたときほどに「緊張感のない」母の姿をその前にもあとにも見たことがない。リスボンでのひとときは、ともすると両親の人生で許された唯一の安息年であったのかもしれない。おそらく両親は気づいていたことだろう。だからこそ、なお一層、この瞬間だけは「今」を思いきり楽しもうという気持ちがあったのだろう。当時、母も半年間、夫と一緒にリスボン大学の語学教育機関に通いながらポルトガル語を習った。二人はキャンパス・カップルだった。家にばかりこもらず、一生懸命勉強のために学校に通う母の姿が素敵に見えた。二人がいくら忙しかったとしても、一切のストレスはなかったはずである。学校に行って若い学生たちとポルトガル語を勉強する以外には何の義務もなかったところ。長い夏休みが始まれば車に食べ物をいっぱいに積み込み、気の向くままにヨーロッパ旅行に出かけることができたところ。何も考えず時間が流れるがままに生活したとしても誰からも何も言われなかったところ。私たちのリスボンはまさにそんなところであった。

リスボン大学のあるカンポ・グランデ Campo Grande は、市内中心部から思っていたよりも離れたところにあった。母と私が父の留学二年目に合流してから数か月後、秋学期が始まる前に私たちは市内中心部のマンションを出て郊外のカルナシデに引っ越した。私が通うインターナショナル・スクールがカルナシデにあったからである。タクシーに乗ってしばらく移動しながら、娘の学校のためにわざわざカルナシデから毎日これと同じ程度の時間をかけて運転をして学校に通わなければならなかった父の気持ちを考えてみる。自分の不都合を顧みず自分の子どもだけは楽に学校に行かせようとすることは、ある意味、親として当然の責務であるかもしれない。しかし、私は何やら胸にこみ上げるものがあるのを抑えることができない。

日差しは暖かいが風がかなり冷たい。父が授業を受けに通ったであろう人文学部の庭にはオレンジの木が多く植えられており、一角には紫色のアヤメがいっぱいに咲いていた。外壁にはフェルナンド・ペソアをはじめいろいろな絵が描かれている。校庭の中を歩いていた父の姿を想像してみる。いつだったか、建物の入り口前の階段で赤のVネックセーターを着た彼が、唯一の東洋人としていろいろな民族の留学生たちと一緒に撮った写真を見たことがある。おそらく、ＩＣＬＰの運営するＰＦＬ(Portuguese as a Foreign Language)プログラムを受けていた留学生たちだろう。彼には親しくしたり、昼食を一緒に食べたりする友人はいたのだろうか。異国の地で孤独感を慰め合える友人はいたのだろうか。三十年以上が過ぎた現在でも東洋人の学生はほとんど見かけないのに、あの当時はどれほどだったろうかと思う。

建物の中に入ってみる。受付の周辺を歩き回りながら時間を送る警備員と、ピカピカに磨かれ暗く冷たい感じの長い廊下、壁の掲示板とそこにピンでとめられた告知や募集要項、タートルネック・セーターに足首まで覆うブーツを履いた人文学部のおとなしそうな女性職員、郷愁をかりたてる、どこか見慣れた心落ち着く情景。そこは、私が過去にすでに通った場所である。大講堂といくつかの講義室を通り過ぎるとパティオ（中庭）が見える。建物の中にこのように空いたスペースがあるからといって、決して無駄な空間ではないだろう。キリンよりも背の高そうな椰子の木がまっすぐに伸びているパティオは、到底形容しようのない自由さと安堵《あんど》感を同時に与えてくれる。今は白の簡易テーブルが折りたたまれているが、気候が徐々に暖かくなれば、学生たちがここに何人も集まって座り、どんなにか多くの悩みと希望を分かち合うことだろう。

もうお昼を食べに行こうか、とユンソに聞くと、力強く「うん」と返事が返ってくる。聞かずとも知れたことであった。この子はほとんどいつもおなかをすかせているのだから。それはともかく、大学の学食の雰囲気はどこの国も本当に似ている。手でさっと書いた特別メニューの貼り紙。食欲旺盛な年ごろの学生たちの腹を満たすために、まず価格が安くなければならない。若い学生たちの活気に応えるべく、学食のおばさんたちも声が大きく、とにかくタフである。あるいは、若いエネルギーを日常的にもらうことで、タフになるのだろうか。空席を確保して、注文式のビュッフェ・スタイルになっている学食の「今日のメニュー」を見てみる。

＊今日のメニュー

豆のスープ　Sopa de Feijão
鯛の煮付けのケイパー添え　Dourada Braseada & Alcaparra
トランスモンターナ風フェイジョアーダ　Feijoada à Transmontana
（豚肉と豆で作り、ごはんと一緒に食べるポルトガルの伝統的な庶民料理）
野菜カレー　Caril de Legumes
白ごはん　Arroz Branco
じゃがいものソテー　Batatas Salteadas
チョコレート・ムース　Mousse de Chocolate

今日のメニューを見ると、ちょっとした面白い本を読むよりも心が躍る。しかし、朝食を食べてから時間が経っておらずさほど空腹でもなかったので、私たちは一人前の料理を分けて食べることにする。一番左の列に並んでまずプレートに食器を置く。次に順番どおりにレールに沿って右側に移動しながら希望する料理をガラス越しにおばさんに注文し、一番右の計算カウンターで精算をすればよい。私たちは鯛の煮付けのケイパー添えとサラダ、インディカ種の白ごはんを注文した。しめて六ユーロである。魚料理が好物だった父は、いつも魚の骨をきれいに取って食べた。また、韓国料理にしか慣れていない多くの韓国人男性とは異なり、ぱさぱさしたインディカ米はもちろん、相当に脂っこい西洋料理も選り好みせずよく食べた。洋食を食べるときにはフォークとナイフをきちんと使いこなした。小さなことではあるが、私は彼が体得していたこうしたちょっとした端正なところが好きであった。彼は母と私がいなかった一年間、ここで留学生活を送りながら一体何を食べて過ごしたのだろう。しばらく食事の手をとめて、まだ早い時間で人もまばらな学食のテーブルを見渡す。彼の影が見えるように感じる。私は普段からインディカ米を好んで食べるが、今日は思うようにごはんがのどを通らない。

*

私の好きなボサノヴァがとくにそうなのだが、ポルトガル語の歌詞でもっともよく出てくる単語はおそらく「サウダーデ saudade」ではないだろうか。サウダーデはポルトガル人を象徴する代表的な情緒であるが、ある国固有の特性を、大概、別の国の言葉で明瞭に翻訳するのが難しいように、サウダーデも翻訳するのにぴったりと当てはまる単語がない。思慕、郷愁、哀愁、追憶、渇望、このすべてを合わせた何か。誰かが自分のそばから去ったあとに感じる、もう決して会うことのできない恋しさだけでなく、自分の内部にとどまって何度も繰り返しかみしめる甘美な愛の感情と、そこからにじみ出る切ない哀しみ。喪失の苦痛は辛いものだろうが、サウダーデとともにあるのであれば、胸につかえた何かはそっと慰められることだろう。

リスボンの人たちが生きた歴史にはいつもサウダーデがともにあり続けた。ヨーロッパの端に位置する港湾都市リスボンと、地上では生活の糧を得られず、海へと出た船員と漁師たち。彼らは家族を置いて遠い海に出て、無事にふたたび家に戻れるか不安を抱きながら海で故郷への郷愁に浸る。陸地にもそうやって出ていく彼らを見送るしかない残された者たちの思慕がある。確かなものなどない茫々たる大海へと発った大切な人の不在をつねに胸に抱いて生きていくことは、海に生きる庶民たちの宿命のようなものであった。ポルトガルの歴史にもサウダーデがにじんでいる。小さいながらも強国であった大航海時代のポルトガルはもはや存在しない。過去の栄光を切なく振り返るばかりである。ヨーロッパの最貧国の一つに転落したポルトガル人たちは、生活苦からほかの西ヨーロッパ諸国や北米の米国とカナダ、そして南米ブラジルに三百万人近くが大規模移住をしなければならなかった。アイルランドを除き、ヨーロッパでこれほどまでに多くの人が移民となった国はなかった。故郷に残してきた愛する人たちや、自分の口に合う食べ物や生活様式への懐かしさ。慣れない異国の地で孤軍奮闘しなければならない哀しみ。ポルトガル人たちはどこに住もうとみながどんな形であれサウタ一デを胸に抱いて生きる。いや、サウダーデとともに何としても「生き抜いていく」。

哀しいサウダーデの魂はポルトガルの民衆歌謡、ファドに凝縮されて発散される。十歳のとき、両親とカーザ・デ・ファド Casa de Fado（ファドの公演を楽しむことのできる料理店）で撮った写真を大切に持っている。その日の晩、少し遠いところに出かけるのだと、母が、私の長い髪を左右両側にきちんと分けて結んでくれた感触を今でも覚えている。十歳であるユンソにもファドを聞かせてあげたかった。たとえ、当時の私のように、これ何だろう、と首をかしげるばかりであったとしても。カーザ・デ・ファドは一流レストランの水準の食事を楽しむことができるところから、一杯の酒を傾けつつ立って聴く庶民的な飲み屋スタイルまで多様である。ホテルコンシェルジュから推薦されたのは、セニョール・ヴィーニョ Sr. Vinho、ア・セヴェーラ A Severa、オ・ファイア O Faia の三か所であった。ホームページを見てみると清潔で広々としており、一見して外国人観光客のための品のある店という印象を受けた。推薦してくれた理由は充分に理解できたが、個人的にはそれよりはあまり洗練されておらず泥臭い感があっても、もう少し小さくこぢんまりした本来の意味をとどめたカーザ・デ・ファドに行きたかった。ファドは生きるのに疲れた労働者と船員たちの心を慰めるものだっただけに、庶民の町・アルファマの細い路地と飲み屋で歌われるようになったという。それならば、ファドの故郷、アルファマで聴きたかった。

自分でいくつかの店を調べてみて、パレイリーニャ・デ・アルファマ Parreirinha de Alfama に行くことにした。アルファマ地区でもっとも古いカーザ・デ・ファドで、ファドの伝説アルジェンティーナ・サントス Argentina Santos の店であるという。ファド博物館のすぐ近くにあり、料理の味もよいというコメントが多かった。

夕日が沈んでずいぶん時間が経った夜八時に宿を出る。タクシーが降ろしてくれたところはファド博物館の向かい側にある小さな広場であった。三つ四つの路地に通じていて、一番左の路地にきょろきょろしながら足を踏み入れてみると、別の名前のカーザ・デ・ファドがあった。困った表情をしていたのに気づいたのだろう。そのカーザ・デ・ファドの入り口に立っていた体の大きなおじさんが私たちにどこに行くのかと尋ねてくる。競争相手であるはずの同業者にパレイリーニャ・デ・アルファマがどのあたりにあるのか尋ねるのが気まずくはあったが、目的地を告げると、おじさんは指でだいたいの位置を知らせてくれるのではなく、「ははぁ！」と声をあげたかと思うと、意気揚々と自分についてくるようにと前を歩いていく。

ちょっ、ちょっと待って。おじさんはこっちのお店で番をしていないといけないんじゃないですか、と遠慮したかったが、すでに彼はさきの広場を横切って歩いていく。私たちは彼を見逃すまいと、あたふたと追いかける。おじさんは狭い三番目の路地に入り、そこでパレイリーニャ・デ・アルファマの黒の看板を指さす。私が「オブリガーダ（ありがとう）」と言い終えるさきから、彼は私たちに「チャウ！（バイバイ）」と言ってさきほどの自分の店へと戻っていく。おかげで道に迷わず、本当に幸いであった。ユンソと私は互いに顔を見合わせてにっこりと笑う。小さな親切にこれほどまでに幸福になれる。

パレイリーニャ・デ・アルファマの扉を開けて入ると、窓に洗濯物を干したアルファマの町のセットがまるで演劇の舞台装置のように設置されている。そして、室内へと続くもう一つの扉がある。高鳴る胸を抑えてドアノブを回す。二十名ほどがかろうじて入れそうな狭く長細い空間が見える。テーブルの間隔は人が一人通るのがやっとというほどにぴったりくっついている。天井も低めで、秘密の洞窟にでも来たかのようである。白い壁は青のアズレージョで装飾されており、壁の上のほうにはファドの演奏に使われる多様なポルトガルギターと伝統陶磁器、そしておそらくここで歌ったであろう伝説のファディスタFadista（ファド歌手）たちの写真がたくさんかけられている。私たちが案内された席は、真ん中にある二人用のテーブルであった。ユンソを壁側に座らせて私がその向かい側に座ったのだが、私の後ろに空間があるところを見ると、おそらくそこがファディスタとヴィオラViola（ギターの伴奏者）らの舞台ではないかと推測する。

食事を終えるころ、薄茶色の眉と子どものように大きな目、柔らかそうな髪質の前髪を持つ一人の男性が黒のジャケットをはおってクラシックギターを手に入り口の横のカウンターからこちらに入ってくる。案の定、私の席のすぐ後ろ、壁面に椅子を寄せて座り、ギターの弦を調律し始める。数世代にわたり継がれてきたこの店の若き主人でありバーテンダー、そしてクラシックギター伴奏者でもあるブルーノ・コスタBruno Costaである。ギターを遊ぶように鳴らす音がまったく耳障りではない。素敵なことがもうすぐ始まりそうな心地よい興奮を呼び起こす。そして数分後、突然にギターの音が止まり、店内の照明が一斉に落とされる。各テーブルの上に置かれたろうそくの灯だけが室内を照らす中、全員がしばらく手をとめ息をひそめる。暗黙的な沈黙が空間を満たしたかと思うと、彼が低く落ち着いた声で話し始める。はじめはポルトガル語で、次に英語で。

「私たちがアルファマでファドの公演を始めてからもう六十九年になります。この長い歳月にわたって私たちは毎回、公演に先立って同じ話を繰り返してきました。今も昔もファドを聴くときにもっとも大切なのは、まさに沈黙であるということをです。携帯電話、カメラの音やフラッシュが入ると、ファド特有の雰囲気が壊れてしまいます。ですから、親愛なる皆さん、今この瞬間だけはただ完全な沈黙の中でファドにだけ集中してください」

機械的に反復するありきたりな案内の言葉ではなかった。彼が心から毎回客に切実に「訴え」てきたということが私には分かった。カメラと携帯電話をテーブルの上に置いて万端の準備を整えていた私たち全員が気まずく申し訳なくなった。「宿命」を意味するラテン語である「fatum」に由来したファド。マイク一つ使わない肉声で宿命の苦悩を昇華させた切ない歌を聴くということは、おそらくそういうものなのだろう。彼の長いお願いが終わると客たちは約束でもしたかのように息をのみ、じっと舞台に集中する。やがて憂愁に満ちたギターの旋律が演奏され始め、奥から目鼻立ちがくっきりとしたファディスタが登場する。胸元を深く開いた赤のドレスに黒のショールをまとった彼女が自分の位置へと行く。肩まで伸びた黒いウェーブヘアに派手な指輪、少し濃いめの目元の化粧。

彼女は話しかけるように淡々と歌を歌うが、そこに胸を抉《えぐ》るような切なさが濃くしみこんでいる。心の中の奥深いところに抑えられていた愛慕の念と哀しみから、息をするのも苦しくなり、体が震え、何かが叫び、やがて破裂する。

ファディスタの感情に聴衆も引き込まれ魂を奪われたようになる。歌詞を理解できるできないにかかわらず、聴くことで自然に理解できる感情がある。一曲一曲が人生の喜怒哀楽を表現しているかのようである。最後には煩悩を受け入れて生きる人間の強靭さが強く感じられ、抑え込んでいた何かが解き放たれたかのようなカタルシスを覚える。ファドを一人前に歌って表現するにはある程度の人生経験と年輪が必要であるという言葉には一理ある。照明が落とされたこの深い沈黙の中で、じかに聴くファドに胸を打たれずにいることは難しい。

しかし、公演を終えてタクシーに乗ってホテルに帰るまでの間、そしてそのあとも長く私の心に印象深く残ったのは、ファドよりも、公演が始まる前、ブルーノ・コスタがさりげなく鳴らしたギターの音と、客たちに訴えかけていたあの「声」であった。

ホテルお勧めの高級で現代化されたカーザ・デ・ファドであれば、空間も広く、テーブルの間隔も充分で、すべての観客が舞台を楽に観ることができるようにしてあったことだろう。今の時代に写真も撮らせないだなんてのは問題外、公演の途中いくらでも写真を撮れるように許可、いやむしろそれを煽ってSNSに上げてくれることを期待しただろう。客の便宜を最優先に考えれば、老年層や子ども客らのためにも夕方七時には公演を始めるかもしれない。半面、老舗であるパレイリーニャ・デ・アルファマは晩八時に開店し、十時ほどにもなってから公演を始める。三代にわたって店を継いでも、引っ越したり規模を大きくしたりすることもない。狭ければ狭いまま、天井が低ければ低いまま、客たちが集い、体を舞台に向けて公演をともに楽しむ。カーザ・デ・ファドの本質を守っていくために喜んで不便さを受け入れ、携帯電話が存在しなかった過去のままの姿を頑なに守り続ける。私はそうした態度に奥深い美しさを感じる。すべてが変わりゆくとしても、自分たちは変わらなくてもよいのだと、それでよいのだと言ってくれているような気がするのである。

自分たちの店のやり方は、自分たちが決める。客には基本的に親切に接するが、不必要にへりくだったり迎合したりする必要まではない。自分たちにはお金を稼ぐことよりも大切な別の価値がある。その大切な価値を追求することで、自負心を守り抜きたい。こうした頑固さを持った店に魅力を感じてしまうのを、私自身どうすることもできない。本当にあの日の夜、私の心をもっともときめかせ、そのあとも余韻を残した瞬間は、ブルーノ・コスタが私たちに「ファド音楽の聴き方」について切実な声で語りかけてくれたときであった。実際のところ、彼はどれほどこんなことを言うのが嫌だっただろうか。一体、いつになったらこんなことを言わなくてもよくなるのか、いや、そんな日が来ることなどないのではないか、だったらこんなこだわりを守り抜くことは意味のないことなのではないか。彼はどれほど悩んだことだろう。

どうか静かに音楽だけに集中してほしい。
私たちが作り出すこの雰囲気を何よりも大切にしてほしい。
今この瞬間を、写真やオンラインではない、あなたたちの心と記憶の中にだけ残してほしい。

真実は心に響くものである。そのおかげで今晩、パレイリーニャ・デ・アルファマという小さな空間をともにした私たち全員は、あたかも海辺で焚き火をぐるりと囲んで座った子どもたちのように、その瞬間の喜びをともにすることができた。ファド公演の様子を撮った写真は、だから一枚もない。

Day10　都市の素顔

Friday, January 11th

バイロ・アルトは市内の中心であるシアードから少しだけ離れた坂道と路地とからなる町である。十五世紀から形成された旧市街地で、狭い路地のあちこちに古い商店とカフェと料理店がある。ある人は、バイロ・アルトはもっともリスボンらしい町であると言う。アズレージョで装飾された外壁、狭い路地と急な坂道、その間を行き交うビカ・エレベーター(ケーブルカー)。また、バイロ・アルトは夜に行くべきであると人々は言う。昼にはその存在に気づかない隠れた小さなバーやクラブ、カーザ・デ・ファドらが一斉に明るく灯をともし、リスボンの夜の文化を飾るのだと。そんな話を聞いても、派手に化粧した夜の顔よりは、疲れきった昼の素顔のほうが私を惹きつける。

カイス・ド・ソドレ駅近くのレンギョウ色のビカ・エレベーター乗り場からバイロ・アルトの散策を始める。いたって平凡な薄黄色の建物にある、深緑色のアーチ型扉が乗り場の入り口である。上に「アセンソール・ダ・ビカ Ascensor da Bica」という表示がなかったなら、通り過ぎてしまうところである。到着してみると、すでに七人ほどが私たちの前に並んでいた。入り口の中の職員からチケットを購入して、坂道を下ってくるビカ・エレベーターを待つ。一両で坂道の上方から人を乗せて下りてきて、ここでふたたび乗客を乗せて上がっていくといった構造である。実際に見るビカは写真とは異なり、表面全体がグラフィティでいっぱいに覆われている。こうしたものを放っておけないのが若さと言えば若さなのであろう。

十人にも満たない客を乗せたあと、エレベーターがゆっくりと上がっていく。レールが敷かれた道はかろうじて車一台が通れる程度に狭く、両側にはリスボンの古い建物と二人が並んで歩くのがやっとというほどの歩道がある。建物の一階にはこの道を徒歩で上り下りする人たちのための各種商店が位置している。普通のリスボン市民であれば、このエレベーターが一日に数十回ずつ窓の外を行き来する音を聞かなければならないのだから気にもなりそうなものであるが、彼らはいら立つのではなく、窓辺にきれいな草花を飾るおおらかさがある。エレベーターの後部に背をもたれかけて立ったまま窓の外を見ていると、青年四、五人がズボンのポケットに手をつっこんでぶらぶらと坂道を上っている。そう、若さというものは「乗る」ものではなく「歩く」ものなのだ。彼らの肩越しに、まぶしく輝く青いテージョ川が見える。素敵な景色である。やがて、エレベーターは五分も経たずして終点に着く。

「これからどこに行くの？」

あっという間に着いてしまい、いささかがっかりしたユンソがぴょんとエレベーターから降りながら聞いてくる。とくに行くところは決めていないと言うと、目的地がないと歩くのも楽しくないのだと言う。

「だったら、アルカンタラ展望台まで歩いてみようか。そこからバイロ・アルトの路地をあみだくじみたいにして、歩いて下りよう」

アルカンタラ展望台 Miradouro de São Pedro de Alcântara まで上がる途中にも、バイロ・アルトの路地はリスボンのほかの町とは違った様子を見せてくれる。例えば小さなタパス・バーの主人がお昼を過ごす姿、疲れた表情でナイトガウンをまとってごみを捨てに出てくる女性、食堂の店の外に出したテーブルの一角に一人どっしり座ってのどかに新聞を読む男性。夜の仕事の準備をする人たちは昼の時間に最大限エネルギーを節約しようとするかのように落ち着きがあり寡黙である。巨大なメルセデス・ベンツが向こうに止まったかと思うと、大きな金の指輪をいくつもはめたシルクの洋服姿のインド系男性が杖をつきながら古びた建物の入り口にすっと入っていく。リスボンでもっとも秘密めいた大人の町である。

ほかの日よりも気候が肌寒い上に、高いところに上がると冷たい風が一層身にしみる。アルカンタラ展望台に到着すると、風を遮ってくれる建物が一つもなく手と耳が冷える。寒さでなおさらに空腹になってくる。復路で本格的なバイロ・アルトの散策を始める前に、ここでの時間をしばらく楽しむことにする。展望台の緑色のキオスクに行ってマルゲリータ・

ピザと温かいカプチーノ、そしてレモネードを注文する。ピザをもぐもぐ頬ばりながら展望台をゆっくりと回ってみる。リスボンの数多くの展望台の中でもここの人気が高い理由が分かるような気がする。古い木々が林のような雰囲気を醸し出し、深緑のベンチが適度の間隔で展望を楽しめるように設置されている。展望台中央の大きな噴水台は暖かくなれば爽快な気分にさせてくれることだろう。

サン・ジョルジェ城展望台から見下ろす景色を一度見ると、リスボンのほかの展望台がすべてつまらなく感じられるというのは間違った話ではないが、アルカンタラ展望台からはサン・ジョルジェ城側の全景が広く見下ろせるというまた別の魅力がある。

飲んでいたレモネードが完全に冷めてしまったころ、私たちはふたたび立ち上がって体を動かし始める。今度は来た道とは逆に北側のアルカンタラ展望台から南側のカモンイス広場 Praça Luís de Camões に向かってゆっくりと歩いて下りていく。左側の大通りに沿って下りて行けばすぐに優美なサン・ロケ教会 Igreja de São Roque に立ち寄ることもできるだろうが、それよりもバイロ・アルトの迷路のような路地を気の向くままに歩きたい。上がっていくときにはタパス・バーなど飲食店の前をおもに通ったが、下り道では雑貨店が多く目につく。小さなアクセサリー店と洋服店、帽子専門店などが目を楽しませてくれる。午後四時ごろ、下り道をほぼ下ったところでとても可愛らしい光景に出くわす。五歳にもなっていないように見える二十人ほどの子どもたちが二人ずつ手をつないで路地を歩いていく。子どもたちを率いる先生たちは蛍光チョッキを着て手にＳＴＯＰの標識を持っている。家に帰る時間になったのか、幼稚園の前では若い父親、母親たちが子どもを迎えに来て待っている。半日ぶりに会うだけのことなのだが、父母は子どもの顔をまた見られることが嬉しい。その様子を見つめながら、私も同様に過去に享受した幸福をもう一度かみしめてみる。

足の向くままバイロ・アルトの路地を下っていると、いつの間にかカモンイス広場を横切り、シアードに到着していた。バイロ・アルトに比べれば、この程度であれば平地ということもできる。突然、目の前に、あの有名なカフェ・ア・ブラジレイラがあらわれる。フェルナンド・ペソアの銅像がテラスに設置されたあそこである。カフェ・ア・ブラジレイラはペソアが同僚たちと文芸誌の創刊を考えたときにアジトのようにして使ったところではあるが、厳密には常連客というには無理があるとも言う。ただ、いち早くペソアの銅像を作ることで全世界的に有名になった。むしろ、このカフェはブラジルに住んでいたアドリアーノ・テレス Adriano Telles が濃厚なブラジル産コーヒーであるビカ bica をリスボン市民たちに紹介するために開業した店だと見るのがより正確な説明だろう。内部の雰囲気はポルトのマジェスティック・カフェ Majestic Café に劣らず華々しく、客がいつもいっぱいであるのが当然のように思える。しかし、やはり一番忙しいのは外にあるペソアの銅像。観光客らはおとなしく列に並んで待ち、順番で銅像の横に座ってペソアと一緒に記念写真を撮る。写真のモデルをしていないときは、幼い子どもたちの遊び相手になっている。子どもたちはペソアの膝に乗っかったり、腕をつかんでぶら下がったりして遊んでいる。その姿を見ていると作家の末路について考えさせられる。

カフェ・ア・ブラジレイラからバイシャ方面に歩くと三十メートルもしないところにサ・ダ・コスタ書店 Livraria Sá da Costa の看板を偶然に見つけ、心の中で喝采を叫ぶ。フェリン書店とベルトラン書店に行った日、訳あって訪ねることができず残念に思っていた場所である。頑なに自分のスタイルを守りながら百年以上営業を続けてきたこの古書店について、ある人はリスボンでもっとも美しい書店であると言う。

はやる胸を抑えながらゆっくりとドアを開けて中に入る。右側には精算カウンターを兼ねた事務空間があり、店の奥の隅々にまで古今東西の古本がいっぱいに並べられている。書架の合間あいまには古地図と地球儀、版画と昔の写真のようなアンティークがずらりと並ぶ。手で触れるのはとにかく慎重に。それというのも精算カウンターで番をしている店主がかなり怖そうな印象である。書店を隅々回ったあと、ふたたび入り口のほうに行くと、壁にかかったサ・ダ・コスタ書店オリジナルTシャツが目に入る。書店のロゴが入った黒の半そでTシャツである。書店で販売するTシャツにはなぜだか分からないがいつも購買意欲がそそられる。ほかのサイズがあるか、シャツを近くで見せてもらえないか、精算カウンターのところに行って店主に聞いてみるとやはり反応が冷たい。彼は黙って下の引き出しからTシャツをサイズ別に出すと、ビニールの中に折りたたまれたシャツを取り出して広げて見せてくれる。そこで、私はびっくりしてしまった。見た目満足していた"Livraria Sá da Costa"とプリントされたシックなロゴはTシャツの背中側であった。前面には、ペソアの顔がほとんど実物大で金箔でプリントされていたのである。

「フェルナンド・ペソアと関連のない記念品はどうもなさそうですね」

がっかりしてつい本音が口から出てしまった。

「まったくです」

冷たくぶっきらぼうに見えた店主が思いのほかうなずきながら肯定する。

「ジョゼ・サラマーゴも有名なポルトガルの作家ですが、彼はあちこちで使われたりはしてないじゃないですか」

私がサラマーゴに言及すると、店主の表情が意外にも柔らかくなり、にっこりと笑う。

「ええ、私はサラマーゴが好きです。ペソアは……うむ」

後ろで省略された言葉が気になり、私は目を上げて彼を見つめる。

「私の考えはこうです。現政権と政治家たちが保守傾向だから、伝統派であり国家主義の性向があるペソアを政策的に推しているのだと思います。サラマーゴが左派であるのはご存じでしょう?」

私がうなずくと彼は満足げな表情である。

「とにかく私はサラマーゴのほうがずっと好きです。もちろんペソアは詩人でサラマーゴは小説家ではありますが」

突然のサラマーゴへの愛の告白。しかし、そんな彼もペソアをTシャツにプリントすることを避けられなかったようである。ペソアもまったく何かと苦労が多い。

「すみませんが、写真を撮ってよろしいでしょうか」

また口から言葉がつい出てしまった。何ともびっくりのTシャツのデザインのおかげで私はこのいかめしく、気難しそうな印象の店主の笑顔を見ることができたのである。彼が手を横に振ってダメだと言うと予想していたところが、とんでもない、アルトゥール（彼の名前である）は肩を一度ひょいと上げて見せ、カウンター後ろの机の自分の席に行き、眼鏡をはずしていたずらっぽい笑みでポーズを取ってくれた。

Day11　最後の夕日

Saturday, January 12th

明日にはリスボンを発つと思うと何やら少し寂しくなって、今日はわざと人のごった返すところに行きたくなる。朝食を済ませて泥棒市 Feira da Ladra へと向かう。サン・ヴィセンテ・デ・フォーラ教会Igreja de São Vicente de Fora のそばで毎週火曜日と土曜日、午前九時から午後六時まで開かれている蚤の市である。定形化されていない、それぞれの物語が込められたものを見物することほど興味深いことがどこにあろう。たとえ、二十八番トラムとともにスリにもっとも気をつけなければならないところであったとしても、である。

多様な年齢層に異なる皮膚の色を持つリスボン市民たちが一坪ほどの大きさのシートを敷いて、器、陶磁器、額縁、古本、玩具、人形、LP、ヴィンテージ衣類と靴、装飾品などを売っている。ほかのヨーロッパの都市と違いがある物と言えば、おそらく中古のアズレージョであろう。一枚三ユーロ、四枚一セットで十ユーロである。泥棒市の売り手たちは古くなったものをそのまま持ってきたおばあちゃん、おじいちゃんたち、専門的に中古品を扱う業者たち、ポルトガルの特産品を安価で売る商人たちに分けることができる。遅く来て販売を始める売り手と、早く来て早く店をたたむ売り手が混在しており、見物に来る人たちの数は次第に多くなっていく。

ひときわ目を引いたいくつかの物がある。まず、ビニールに包まれた一束の手紙。封筒にはAir Mail印が押されている。誰かが思いを込めて海を越えてやり取りした手紙である。英語であればその場で買ったことだろう。私は物欲のないミニマリストに近いが、小学校四年生ごろから今までもらったすべての手紙をただの一通も捨てずにきちんと箱の中にしまってある。手でしっかりと書かれた、一人の人間の気持ちが込められた手紙をどうして捨てられよう。両親が高校と大学時代に「ショーン」と「マリア」という、見ているこちらが恥ずかしくなるような呼称で互いを呼びながらやり取りしたラブレターの束を母が私に見せてくれたとき、欲しいと言えばよかったものを、それを残せなかったことが今でも悔やまれる。

もう一つ、私の目にとまったのは、誰かの輝かしい瞬間を刻印した卒業証書、修了証、表彰状、免許状などが収められたいくつもの額縁であった。一時、誰かが誇らしく思っていたであろうそれらは、その主がおもに起居する部屋の壁に飾られていたことだろう。なぜ目にとまったかと言うと、これらの物がほかの物に比べ人々の関心をまったく引いていなかったからである。あらゆる物がそれぞれに関心を引いている中で、これらが入った箱は誰一人近寄ろうとはしなかった。もちろん、誰が他人（おそらくすでに死亡した）の博士学位記や医師資格証のたぐいに関心を持つだろうか。偽の経歴として詐欺のために使おうにも年度が合わないはずである。どれほど立派な成就であったとしても、結局は紙切れ一枚だけが残るもの。すべては跡形もなく消えてしまう。

父が他界してから、私は実家に一度も行っていない。義母に父のタータンチェックのマフラーを一つだけ私のために残してほしいと頼みはしたが、到底、受け取りに行く勇気が出なかった。その間、ほかのきょうだいたちは何回かにわたって父が所有していた貴重品をそれぞれに持って帰ったようであったが、そんなことはどうでもよかった。結果として私が所有することになった彼の形見は、昔、彼が色鉛筆でさっと描いた風景画一点と、彼の印鑑である。最後の整理をしていて、結局そうなった。一時は彼が必ず手にしていなければならないものであったが、今私が見ている誰かの学位記や資格証のようにもはや何の意味もない。母の形見としては女性用ロレックス時計を持っている。リスボンに住んでいたころ、夏休みを迎えて自動車で家族三人がヨーロッパ旅行をしたときに、父がヴェニスで母にその楕円形の革ベルトの時計をプレゼントした。この上ない愛情の証しをもらった母の瞳を今でも覚えている。私もそばで一緒にときめいたのだから。その日以来、母はその時計を体の一部のように二十年以上身につけていた。その間、数回、革ベルトを交換しなければならなかった。がんの闘病中、母がその時計をはずして私にこっそりと渡してくれたとき、私は彼女が心の準備を終えたことを悟った。

*

カンポ・デ・サンタ・クララ Campo de Santa Clara（泥棒市が開かれる場所）からマルティン・モニス駅へと向かい、二十八番トラムに乗って今日の最後の行き先であるエストレラ大聖堂 Basílica da Estrela に行こうとしたが、乗り場にあまりに人が多いので諦めた。そのかわりに白地に青のクリスマス装飾を施したトゥクトゥクに乗った。オートバイタクシーであるトゥクトゥクはリスボンの平地と坂道を上がったり下がったりしながら東から西へと私たちを乗せていく。石畳の道が多く、乗り心地は決してよいとは言えない。

リスボンにはそれぞれの歴史を持つ美しい聖堂が多いが、時間をかけてちゃんと見たところはなかった。ただ、エストレラ大聖堂だけは必ず一度寄ってみたかった。「星」という意味を持つ「Estrela」という名前も愛らしいが、聖堂全体が白の外観であるのもいい。さらにはその前にはエストレラ庭園 Jardim da Estrela がある。トゥクトゥクに乗っていく途中、白くて丸いドームと一対の鐘塔が遠くからでも目を引きつける。私たちはいつの間にか優雅な新古典主義様式の聖堂の前に到着していた。中に入っていくと、礼拝堂の外のホールの右側で、一人の男性職員がテラスに上がるのかと聞いてくる。鐘塔のある屋上のことを言っているようであった。何も考えず安くない四ユーロの入場料を支払ってユンソと私は狭い螺旋階段を上がり始める。まるで『不思議の国のアリス』に出てくる通路のようである。高所恐怖症の人や、体力が弱っている人は上らないようにと書いてあったので、あそうかという程度に思っていたが、なるほど一理ある注意書きであった。階段をいくら上ってもなかなか目的の場所に着かない。途中で二回足をとめて呼吸を整えなければならなかった。ずっと上がり続けなければならないような気がして、めまいがしてくる（あとで下りるときに階段の数を数えると百十一段だった）。後悔の念が湧き始めた刹那、少しだけ開いた出口の隙間からかすかな陽光がまっすぐに差し込んでいるのが見えた。

外に出ると、周辺は見渡す限りの青空と雲であった。涼しい風が吹きつける中、ついにここまで上ったという心地よい疲れが体を包み込む。聖堂の上から見下ろすエストレラ地区の平和で美しい景色に、少し前まで感じていた後悔は完全に消えてしまう。玉塔の中ほどの大きなガラス窓があるところから礼拝堂を見下ろすこともできる。リラックスしてぼんやりしていると、突然に三十分に一回ずつ鳴る鐘の音に鼓膜が破れるかと思うほどにびっくりして、ユンソと顔を見合わせて笑う。時計を見ると午後五時。そのおかげで気分も和らぎ、ユンソは普段、写真を撮られるのをとても嫌がるのに、私たちは沈む太陽を背景に仲良く写真を撮ることができた。

ふたたび階段を下りて礼拝堂の中に入る。薄紅と黒とが交ざった大理石が床と壁を装飾しており、丸い天井はきらきらと光る万華鏡の中をのぞいているかのようである。何も言うことがないほどに美しい聖堂である。私はいつの間にか礼拝堂の椅子に座って静かに堂内に響き渡る少年合唱団の聖歌に耳を傾けていた。何人かの観光客を除けば、この中にいるのはみな一人で訪れたリスボン市民であった。私が座った左側には、買い物かごを持った薄い青のジャンパーを着た白髪のおじいさんが祈りを捧げている。讃美歌を聞きながら目の前の十字架に磔《はりつけ》となったイエスとそのそばの両手を合わせた天使像をぼんやりと見つめる。

そのとき、予想もしなかった涙が突然にこぼれた。わざと何かを感じようと意識したわけではなかった。ユンソに泣いている姿を見せるのが恥ずかしく、体を反対側に向けたが涙はとめどなく流れた。涙が流れるほどに、形容しがたい何かから自由になっていく。目を閉じて何かに導かれるように両手の指を組む。私には宗教はないが、このときばかりは心を澄まして神の存在を思う。すでに私のそばにいない二人の永遠の安息が、和やかなものでありますように。

エストレラ庭園の入り口では金髪の中年女性が焼き栗を売っていた。リスボンの冬を歩くとしばしば目にする光景である。石炭で白い煙をあげながら焼いた栗は、一袋で二ユーロである。柔らかくて甘い焼き栗には塩が少しばかり振られている。すでにテージョ川とシアードの繁華街でも買って食べたが、ユンソが言うには、ここ、エストレラ庭園の正門前で食べた焼き栗が一番美味しいのだそうだ。焼き栗のリヤカーの白い煙のにおいに何やら懐かしさを覚える。

庭園に入るころにはすでに夕日が差し始めていた。土曜日の午後のゆったりとした時間を楽しむ人々、ベビーカーを押しながら歩く家族たち、犬を散歩させる男性、子どもたちはジャングルジムとブランコで遊び、キオスクでお茶を一杯飲むお母さんたち、芝生の上に布を敷いてピクニックを楽しむ学生たち、池で悠々と泳いだり地上に上がってひょこひょこと歩き回るガチョウと鴨たち。詩人であり政治家でもあるジュンケイロ Abílio Manuel Guerra Junqueiro が私財をはたいて寄贈したこの庭園にはベンガルボダイジュ、オレンジの木、竹、ユーカリプタス、サボテン、ジャカランダなど、アジアやアフリカにおもに分布する植物が栽培されている。やがてあたりが暗くなってくると、エストレラ庭園の街灯が一斉にぼんやりと黄色い灯りをともす。今の時刻は五時四十七分。鳥たちのさえずりと大聖堂の鐘の音が耳元に響いてくる。冷たい風が、感情的になって少し浮ついた心を心地よく落ち着かせてくれる。一日の終わりを公園や庭園で過ごすということはとてもいいことである。こんなに平和なところで最後の夜を迎えることができて嬉しい。人生もこうでありえたらどんなにかいいだろう。

さっき、マルティン・モニス駅で二十八番トラムに乗れなかった残念さもあり、私たちはエストレラ大聖堂の前でどのトラムであれ、来たものに乗って宿に帰ることにする。さきに来たのは十二番トラムだった。市内まで行く路線は二十八番と同じであるが、座席にずっと余裕がある。案の定、乗ってみると乗客は五人だけで、観光客らしき人は一人もいない。窓の外の空がほんのりと橙色の夕焼けに染まっている。じっとその風景を目に焼き付けながらガタンゴトンと動くトラムの最後の乗車を楽しむ。途中で、まるで約束でもしたかのように停留所ごとに一人ずつ降りていく。最後に丸い帽子をかぶったおばさんが降りて、もう十二番トラムの中には運転手と私たちだけである。私がリスボンのトラムの車内を写真に撮りたがっていたことを思い出したユンソが、お母さん、今誰もいないよ、早く写真を撮ろう、と浮ついた声でささやく。ぼんやりしていた私はあわててリュックからカメラを取り出す。レンズ越しに今はがらんと空いたこの空間に、座ったり立っていたりしたであろう数多くの人々の姿を想像してみる。私たちはトラムに乗り、席に座って窓の外の世界を見る。そうしてそれぞれに自分の番になれば、トラムから降りる。誰かはさきに降り、誰かはもっとあとに降りる。ただ誰しもがいつかは一人の例外もなく降りなければならない。それは私たちに与えられた、言ってみれば約束のようなものである。

Day12　出発

Sunday, January 13th

リスボンのインスピラ・サンタ・マルタ・ホテルを後日思い出すときには、おそらく私は朝食をとる食堂の背が高い男性職員を真っ先に思い出すことだろう。彼の働く姿は、見ている人の心を動かす何かがある。あるいは彼が移住民であるということが影響を及ぼしているのかもしれない。

てきぱきと働く彼は、朝食をとりに食堂に来たお客さんたちを決して待たせることはない。慣れないアクセントではあるが、力強くはっきりとした声で客が希望するジュースとコーヒーの種類を聞く。ビュッフェ・ステーションの食べ物が空いたときには素早くシェフに知らせて新しい食べ物を補充する。食事中である客たちがいつどんな手助けを申し出るか分からないのでテーブルを注意深く見てはいるが、視線が負担にならないように配慮しており、自分から客のところへ行って親切さを前面に出すこともない。客が食事を終えて出ていくときには、あとについていき最後まで見送ってあいさつをする。そして、すぐに戻ってきて、彼らが使用したテーブルをすっきり片付ける。どんな仕事をするかより、どのように仕事をするかで違いが出ることが分かれば、世の中には「単純業務」というものは実際にはなく、他人の働く姿から感動を受けることすらあることが理解できる。この職員が誠意を尽くして手慣れた様子で働く姿を見ることは、毎朝私にとっての小さな楽しみであった。そして今日は四泊をしてチェックアウトをする最後の日。彼は普段、食事を終えた私を見送りながらいつも彼特有のアクセントで「サンキュー、マム」とあいさつをしてくれていた。ところが今日はあいさつが少し長めである。

「サンキューベリーマッチ、マム、シーユートゥモロー」

その言葉を聞いて、一瞬の戸惑いを覚える。あまりに当然のように、何でもないように明るい笑顔を見せながら明日もまた会おうだなんて。事実のままに今日リスボンを発つのだと言おうかとも思ったが、言わないほうがよさそうである。

「サンキュー、シーユートゥモロー」

同じ言葉であいさつを返した。本当に、あなたの姿を明日も見ることができれば嬉しいだろうと思う。

純粋でやさしい人たちがいる場所に自分を連れて行ってあげたかった。その願いどおりに私はリスボンで、謙虚で情の厚い人たちに会うことができた。父が他界してから半年にわたって人間の持ついやらしい一連の数々の姿を目撃しながら、冷たく固まりつつあった私の心は、彼らが分け与えてくれたあたたかさのおかげで少しずつ柔らかくほぐれていった。幻滅がともすると人間に対する不信へとつながりかねなかった私の心を、彼らが元通りにしてくれた。素朴で心やさしいリスボンの人々の対価を願わない善意が、苦痛に対して鈍感になろうとしてわざと死なせかけていた私の感覚をふたたび目覚めさせてくれた。私を慰めようとしてくれたわけではないが、結果として大きな慰めとなったのであった。ここまでの日記に登場した人も、登場しなかった人も、何人もいる。

＊エストリルで「ポルトガルの海岸で楽しい時間を送ってください！」と初めて会う私たちの旅行が幸福であることを祈ってくれた、そばかすのある長い髪の少女。

＊ギンショ海岸で私たちが時間を過ごす間、黙って待ってくれたタクシー運転手ファビオ。

＊プラゼーレス墓地で目的の場所になかなかたどり着けなかった私たちを自ら案内してくれた黒猫と墓地管理人。

＊私の感情的かつ私的な問い合わせメールに「お父さまに関する思い出を私たちと共有してくださってありがとうございます」とやさしい返信を送ってくれたリスボン大学の職員、クラウディア。

＊幼いころに住んだマンションを見てくることができるように励まし、安心させてくれた一八六九・プリンシペ・レアルのマネジャー、フランシスコ。

＊ファドを聴きに行った路地で自分が番をしなければならない場所を空けてまで迷子になりかけていた私たちを助けてくれた、別のカーザ・デ・ファドのおじさん。

＊高価な薬を売ることもできただろうに、私たちの費用負担を軽減させようと、あれこれと方法を考えてくれたプリンシペ・レアルの気品ある薬剤師。

＊信号のない横断歩道を渡るときに、背後から速度を出して近づいていた自動車を手で合図して止めたあと、私たちに早く渡るようにと配慮してくれた自転車に乗った青年。

＊石畳で転んで膝を怪我した私の残念な気持ちを察して、あれこれと気遣ってくれたベルトラン書店のカフェのバリスタの彼女。

＊エッグタルトを買おうと列に並んでいてポケットからお金を取り出そうとした瞬間、二十ユーロの紙幣が下に落ちて風に飛ばされていくところを、走って拾ってきてくれた

トレンチコートを着たサラリーマン。

＊「三十六年ぶりの再会は本当に楽しかった。お父さんのことを聞いて心は痛んだけれど、すべては過ぎたこと。前に向かって頑張ってくれることを願っているよ」と、別れのメッセージで最後まで励ましてくださったソ・ジンファおじさん夫婦。

すでに私はこれまでの経験で分かっている。私が今後生きている間、この素敵な人たちに二度と会うことはおそらくはないだろうということを。また、リスボンにもう一度行くということも決して簡単ではないだろうということを。

行けないことが分かっていても、私は毎年六月になると薄紫色のジャカランダの木が満開になった様子を見たくなることだろう。夏になると、ギンショ海岸のざばーんと音のする波の中に深くまで入って行きたくなるだろう。九月にはオリーブの木の林で潤いのある黒いオリーブを自ら収穫する喜びを夢見ることだろう。季節が寒くなると、真冬でも温かみを分け与えてくれたリスボンのまぶしい日差しを思い出すだろう。そして時に心が疲れたときには、善良なリスボンの人々が私にやさしく接してくれた瞬間を思い出しながら頑張っていくことだろう。

いずれユンソが大人になったときには、もしかしたら十歳のときに母親の手に引かれて行ってきたリスボンを切ない気持ちで思い出すときもあるかもしれない。もしもそんなことがあるのであれば、ためらうことなく行っておいで。あなたが愛する人と一緒に。

機長の案内放送が流れて、すぐにＫＬＭ航空八五五便が仁川空港の滑走路に向けて下降し始める。私はほとんど一睡もせず、あれこれと考えていた。乗客たちは前の画面の「到着までの残り時間」をぼんやりと見つめ、一人、二人と、乗務員の案内に従って機内の窓のスライドを上に上げる。朝焼けの紅色がまぶしく目にしみてまばたきをする。お構いなしにぐっすりと寝ているユンソの頬は、朝日を浴びてリンゴのように赤くなる。ユンソを起こそうかとも思ったが、やめておいた。そのかわりに、ユンソの柔らかな頬にそっとキスをした。

Epilogue　私に残されたこと

長い夢を見てきたような気分である。今、この瞬間にもかすかにリスボンの風景が思い浮かんでくる。まぶしくて目が痛いほどに青いテージョ川と照りつける日差し、朝の冷たくて透明な空気、足の裏で感じるごつごつとしたカルサーダ・ポルトゥゲーザの触感、ぱさぱさしたブーゲンビリアの花びら、ごくたまに一度鳴らすトラムの警笛、もっとも柔らかなラテン系言語の発音、偶然に出会った人々の理由のないあたたかさ。そして、朝目覚めてユンソと顔を見合わせて感じた幸福、今は鮮明な感覚であっても月日が流れれば次第に薄れていくだろう。しかし、それもまた自然なことなのだから構わないと思う。シアードを歩いていて転んでできた左膝の青いあざはもうかなりよくなってきたが、ときどき今でもぴりっと痛みを感じることがある。しかし、私はその痛みがそれほど嫌ではない。私がリスボンをこの足で歩いてきたという生きた証拠でもあり、膝が痛むたびに私はあの場所を思い出すだろうから。

みな、せっかくリスボンに行ったのなら、なぜポルトにも寄らなかったのかと、私によく聞いてきた。ポルトはとてもよいところで見るものも多いのに、と残念がった。彼らの言うとおり、ポルトはとても魅力的で、行ってみたいところもいくつもあった。じつは一時は宿を予約までした（参考までに書くとインパティオ・ゲスト・ハウス InPatio Guest House である）。しかし、結局行かないことにした。どうしてかは分からないが、そうしてはいけないような気がした。心のすべてをただリスボンにだけ集中させ、時間をたっぷりとかけて、ゆっくり、そして細やかに、リスボンだけを見つめてくるのが正しいように思われた。旅行というよりは過去に住んでいた一人の住民としてふたたび帰り、心を込めて一日一日を過ごしてくるのが自分の哀しみを癒やす唯一の方法であると思われた。ソウルでは到底そうはできなかったから。最初はそのことに気づかず、反対にわざと自分をさらに忙しく追い込んだりもした。けれどもしばらくすべてのことをやめて、ある程度の時間を丸ごと空けて別次元の空間に自分自身を連れ出して体と心を休ませる必要があった。リスボンはそのための最適の場所であった。

ときどき、リスボンに住んでいたころの両親よりも今の自分の年がもっと上であるということが不思議な感じがする。年齢的には明らかに私のほうが大人でなければならないのに、彼らの前では永遠に子どものままである。リスボンに滞在している間、彼らのことを多く思い出した。もっともまぶしく幸福であった彼らの姿をもう一度心に刻み、哀しみが癒やされることもあったが、一方では父母に感じていた失望と恨めしさのような否定的な感情がありのまま表面にあらわれもした。恨みと軽蔑の感情を心の中に抱いていたことも生々しく思い出された。そんな私をだからといって責めようとも思わなかった。彼らの死をどうすることもできなかった罪悪感と、彼らの最期の時間に私がもっと何かをしてあげることができたのではないかという自責の念はすでに充分に感じていたから。哀しみにうまく対処するには率直に心を表に出し、正直にならなければならないと学ぶこともできた。もとより私は彼らの無欠と不滅を期待してはいけなかったのである。私たちはみな完全な人格からはほど遠く、また、いつかは消滅するのである。

リスボンで送った時間は、どうすることもできないその当然の事実を直視して受け入れるためのものであった。そうしてこそ私は彼らを存分に懐かしむことができ、また彼らを私の心から解き放ち、人生の次の段階に進むことができるだろうから。消滅と生成、終わりと始まりは一体であり、終わりがあるからこそ私たちはさまざまな瞬間の美しさを思いきり抱きしめることができる。あるいは私はある種の「意味」を求めてさまよっていたのかもしれない。私たちが父母と子どもの関係で会うことになった意味、死という結論がすでに出ているにもかかわらず生を精一杯抱いて生きていかなければならない意味、相手と自分をゆるすということの意味……。それを求めて私は落ち着いて多くのものを見つめ、消化し、どんな形であれ物語をゆっくりと始めなければならなかった。今の私はとても自由で軽い心である。自ら確信することができたいくつかのことのおかげでもある。

母さんと父さんが、あの時期、幸福であったということ。
不器用であったとしても、私は愛されていたということ。

そして、私もこれから私の子を思いきり愛さなければならない。ほかに何を望むことがあろう。それで充分なのである。

だから、ユンソ、
これからはあなたの時代。
人生のあらゆるまぶしいものたちを、みんな、あなたにあげる。

訳者あとがき

熊木 勉

本書はイム・キョンソン著『やさしい救い（다정한 구원）』（創批、二〇一九年）の邦訳である。リスボンのことを書いた本であることが分かりやすいようにタイトルを『リスボン日和―十歳の娘と十歳だった私が歩くやさしいまち―』とした。韓国語を学んでおられる方であれば、作者名をイム・「ギ」ョンソンでなく、イム・「キ」ョンソンとしていることに若干の違和感を持たれる方もおられるかもしれない。これは、作家ご本人がかねてより使ってこられた書き方であり、日本で学校に通われたこともあるイム氏自身の個人史とも関係しうることであるだけに、ご本人が慣れ親しんでおられる表記法によった。

イム氏のご尊父は韓国の外交官で、日本、ポルトガル、ブラジルなどの大使館、領事館で働かれたとのことである。本書は、十歳の時に両親と暮らしたリスボンを、十歳の自分の娘と旅行した時の日記である。美しいまちリスボン。リスボンは夕日が美しいという。本書の背景にはいつも紅色の夕日が差し込んでいる。そのまちを歩く十歳の娘と、八十年代初頭にこのまちを歩いた、まだあどけない少女に過ぎなかった十歳の作者。そして、その向こうに映し出されるすでに天に召された両親の姿。日記はリスボン紀行としてだけでなく家族の記憶をも綴っている。

私が彼女の本を初めて読んだのは、十年ほど前であったろうか。エッセイ『母さんと恋をするとき』（心の散策社、二〇一二）が最初であったように記憶する。この本はイム氏のお母様のことが書かれたもので、母と娘、育児、家族ということについての率直な語り口が印象的であった。彼女は作家となって以降、毎年一、二冊ずつというペースで本を出してきており、小説、エッセイ、旅行記など、ジャンルも多彩である。自分に正直であること、自分を大事にすること、仕事に誠実であること。彼女の文章にはいつもそうした生き方への励ましが込められている。職場体験もあり子育てもしてきた作家として、ラジオの人生相談コーナーなどでもおなじみである。

私がこの『やさしい救い』を読んだのは、私の母の終末期医療の病床の窓際で、私の母との最期の時間となるであろう（そして実際にそうなった）数日間でのことであった。海辺の病床の窓から差し込む光を背に、ベッドに横たわる母の隣でゆっくりとこの本を読んだ。そして、家族ということについて考えるとともに、遠い国、ポルトガルのリスボンのことについても考えた。美しいまちリスボン。私はこの本を母の隣で読みながら、私の心に平安を与えてくれたこの本に感謝し、また、何一つ、私に苦しみや葛藤を残すことはなかった母にも感謝した。

この本を翻訳したいと思うようになったのは、それからほどなくして、新型コロナ感染症で日本中が大騒ぎとなり、外出がままならなくなった頃のことであった。人々が内にこもらざるをえなくなった中、私は母の隣で読んだこの本を日本で紹介できればと思った。韓国にせよポルトガルにせよ、美しいまち、やさしいまちがこの世から消えたわけではない。インターネットで誰しもがリスボンを旅することができる時代、この本を多くの人に読んでもらえばどれほどいいだろう、世界に出られないときだからこそ、別の形でも遠い世界を旅するのもよいのではないかと、ゆっくりと翻訳を始めたのであった。出版のあてがあるわけではなかったが、しばらく時間が経つ中で、日之出出版さんが声をかけてくださった。こういうことには縁というものがあるものなのであろう。

私は子供の頃からリスボンに憧れていた。リスボン、という名前だけでも美しいと思うほどに、憧れていた。こうやって、本書を送り出せることを嬉しく思う。

日之出出版の久郷烈さんのお声がけがなければ、本書が世に出ることはなかった。久郷さんに心から感謝を申し上げる。また、私が本書を翻訳しているさなか、いろいろなアドバイスを下さり、出版のためにご尽力を下さった、クオン（CUON）の金承福社長にも感謝申し上げねばならない。金承福社長のお気遣いがなければ、やはり本書が世に出ることは難しかったことであろう。

翻訳にあたっては、ポルトガル文学の翻訳家であられる木下眞穂氏に、ご親切にも多くのご教示をたまわった。この場を借りてお礼申し上げたい。もちろん、ポルトガル語の表記や訳などに間違いがあるとすればすべて訳者である私の責任である。

今回、翻訳をする中で、日本にポルトガルとの友好のために努力する団体が多くあることも知った。大阪日本ポルトガル協会さまには私の突然の問い合わせに大変に親切なご対応を賜った。心から感謝申し上げたい。

ポルトガルを愛する人々は、皆が、やさしい人ばかりであった。私は多くの人に救われてきたように思う。まさに『やさしい救い』の人々であった。

二〇二四年一月二十六日

day1

day2

day3

day5

day6

day7

day8

day9

day10

day11

day12

epilogue

イム・キョンソン

韓国ソウルに生まれ、横浜、リスボン、サンパウロ、大阪、ニューヨーク、東京で成長、10年あまりの広告会社勤務等を経て、2005年から専業として執筆活動。著書にエッセイ『母さんと恋をする時』（2012）、『私という女性』（2013）、『態度について』（2015）、『どこまでも個人的な』（2015）、『自由であること』（2017）、『京都に行ってきました』（2017）、『私のままで生きること』（2023）、小説『ある日、彼女たちが』（2011）、『覚えていて』（2014）、『私の男性』（2016）、『そばに残るひと』（2018）、『そっと呼ぶ名前』（2020）、『ホテル物語』（2022）ほか多数。歌手でもあり作家でもあるヨジョとは『女性として生きる私たちに―ヨジョとイム・キョンソンの交換日記―』（共著：2019）も刊行（Naver Audioclipで「ヨジョとイム・キョンソンの交換日記」を配信）。邦訳に『村上春樹のせいで―どこまでも自分のスタイルで生きていくこと―』（渡辺奈緒子訳：2020）、『ホテル物語　グラフホテルと5つの出来事』（すんみ訳：2024）がある。独立した個としてそれぞれが誠実に、自分らしく生きることをテーマにしたエッセイを多く書き、小説ではもっとも大切な価値観として「愛」を見据え、恋愛を主に扱う。

Twitter @slowgoodbye_jpn

Instagram @kyoungsun_lim

熊木勉（くまき・つとむ）

富山県高岡市生まれ。天理大学外国語学部朝鮮学科、崇実大学校大学院国語国文学科碩士課程および博士課程修了。高麗大学校日語日文学科助教授、福岡大学人文学部東アジア地域言語学科教授を経て、現在、天理大学国際学部韓国・朝鮮語学科教授。専門は韓国・朝鮮近現代文学。著作・翻訳として『朝鮮語漢字語辞典』（共著、大学書林、1999）、『太平天下』（蔡萬植：共訳、平凡社、2009）、『思想の月夜』（李泰俊：単訳、平凡社、2016）等。主要な論文に「金璟麟のモダニズム―植民地期の詩と詩論を中心に―」（『天理大学学報』、第74巻第1号、2022）、「李泰俊の日本体験―長編小説『思想の月夜』の「東京の月夜」を中心に―」（『朝鮮学報』、第216輯、朝鮮学会、2010）、「太平洋戦争下の朝鮮における抒情詩の姿（上）」（『福岡大学研究部論集』第6巻A：人文科学編第6号、2007）等。

リスボン日和
十歳の娘と十歳だった私が歩くやさしいまち

2024年9月12日 第1刷発行

著者　イム・キョンソン
訳者　熊木勉
カバーイラスト　北住ユキ

発行者　西山哲太郎
発行所　株式会社日之出出版
〒104-8505
東京都中央区築地5-6-10
浜離宮パークサイドプレイス7階
企画編集室　☎03-5543-1340
https://hinode-publishing.jp

デザイン　坂野公一（welle design）
編集　久郷烈

発売元　株式会社マガジンハウス
〒104-8003
東京都中央区銀座3-13-10
受注センター　☎049-275-1811

印刷・製本　株式会社光邦

乱丁本・落丁本は日之出出版制作部
（☎03・5543・2220）へご連絡ください。
送料小社負担にてお取り替えいたします。
ただし、古書店等で購入されたものに
ついてはお取り替えできません。
定価はカバーと帯、スリップに表示してあります。

ISBN978-4-8387-3285-2 C0098